사상의 꽃들 7

반경환 명시감상 11

이 도서의 국립중앙도서관 출판예정도서목록(CIP)은 서지정보유통지원시스템 홈페이지(http://seoji.nl.go.kr)와 국가자료종합목록구축시스템(http://kolis-net.nl.go.kr)에서 이용하실 수 있습니다. (CIP제어번호 : CIP2019033426)

사상의 꽃들 7

반경환 명시감상 11

지혜

저자서문

　시인은 꽃을 가져오는 사람이고, 철학자는 사상(정수精
髓)을 가져오는 사람이다. 쇼펜하우어는 시와 철학의 상관
관계를 매우 정확하게 알고 있었던 세계적인 사상가였다.
　시인의 세계는 상상력의 세계이며, 그가 펼쳐 보이는 세
계는 아름답고, 신비로우며, 환상적이다. 여기가 아닌 다
른 곳, 그 다른 세계로 우리 인간들을 인도하며, 그의 시
세계는 활짝 핀 꽃과도 같은 아름다움을 가져다가 준다.
　어떤 시인은 살아 있어도 이미 죽은 것이지만, 어떤 시
인은 이미 죽었어도 영원히 살아 있는 것이다.
　사상은 시의 씨앗이고, 시는 사상의 꽃이다.
　이 사상과 시가 있기 때문에 우리 인간들의 삶은 아름
답고 행복한 것이다.

　『사상의 꽃들』1, 2, 3, 4, 5권에 이어서『사상의 꽃들』
6, 7권을 탄생시켜준 윤동주, 김기림, 김소월, 한용운, 백
석, 김준현, 안정옥, 신옥진, 이상규, 정동재, 한영희, 박
설희, 한인숙, 양선희, 박지현, 조성화, 박은주, 천양희,
손택수, 이상, 김화연, 전명옥, 최서림, 최혜옥, 조성화,
이은심, 류현, 안영민, 이순희, 유계자, 오현정, 권혁재,

최연홍, 김종삼, 장석남, 김상용, 노천명, 임현준, 장옥관, 이성복, 김수영, 이희은, 김명인, 유홍준, 최도선, 나태주, 황지우, 공광규, 성금숙, 김화연, 오영미, 김문성, 정병호, 박해성, 이춘하, 강달수, 조영심, 문태준, 윤지양, 도종환, 송찬호, 이영광, 최덕순, 사디, 최승호, 권대웅, 장석주, 칼릴 지브란, 최금녀, 김가연, 정채봉, 임경숙, 김선태, 이병연, 신현림, 이병률, 이국형, 나혜석, 김경성, 곽효환, 홍정숙, 이우걸, 이덕규, 박은영, 이영식, 지희재, 반칠환 등, 115명의 시인들과 그동안 『반경환 명시감상』을 너무나도 뜨거운 마음으로 사랑해준 독자 여러분들에게 진심으로 감사를 드린다.

좀 더 정확하게 말한다면, 독자 여러분들은 이 책의 저자였고, 나는 독자 여러분들의 시심詩心을 받아 적은 필자에 불과했다.

나는 이 『사상의 꽃들』 6, 7권을 쓰면서, 너무나도 행복했고, 또, 행복했었다.

2019년 가을, '애지愛知의 숲'을 거닐면서…….

차례

나태주 최서림

황지우 공광규

성금숙 김화연

오영미 오현정

김문성 정병호

박해성 이춘하

나태주

풀꽃

자세히 보아야
예쁘다

오래 보아야
사랑스럽다

너도 그렇다

이 세상의 모든 천재들은 좋은 습관과 좋은 생활의 태도를 갖고 있다. 아침에 일찍 일어나 책을 읽거나 글을 쓰고, 날이 밝아오면 아름다운 숲과 강을 끼고 산책을 한다. 산책이 끝나면 집으로 돌아와 아침 식사를 하고, 아침 식사가 끝나면 또다시 책을 읽거나 글을 쓴다. 점심 식사를 하고나면 잠시 눈을 붙였다가 오후 2시부터 5시까지 또다시 책을 읽거나 글을 쓴다. 저녁 식사 전에 아름다운 숲과 강을 끼고 또다시 산책을 하고, 저녁 식사가 끝나면 또다시 책을 읽거나 글을 쓴다. 밥 먹고, 산책을 하고, 공부를 하고, 잠을 자는 시간 이외에는 다른 생각과 다른 일을 할 틈이 없다. 모든 천재들은 고독을 사랑하고, 이처럼 자기 자신만의 시간을 갖고 끊임없이 새로운 자기 자신을 연출해낸다.

"자세히 보아야/ 예쁘다// 오래 보아야/ 사랑스럽다// 너도 그렇다." 나태주 시인의 「풀꽃」은 전국민의 애송시이며, 대한민국을 '풀꽃의 열풍'으로 몰아넣은 바가 있다. 자세히 본다는 것은 관찰의 방법이고, 오래 본다는 것은 인식의 방법이다. 자세히 본다는 것은 풀꽃을 풀꽃으로 바라본다는 것이며, 오래 본다는 것은 풀꽃의 생리와 풀꽃의 삶과 풀꽃의 사유마저도 인식한다는 것이다. 풀꽃도 울고 웃는다. 풀꽃도 사나운 비바람과 풀벌레 때문에 괴로워하며, 풀꽃도 언제, 어느 때나 부드럽고 따뜻한 마음으로 사랑을 한다. 풀꽃도 풀꽃이 온몸으로 피워낸 생존의 결정체이며, 그 삶의 절정이라고 할 수가 있다. 이처럼 풀꽃의 삶을 관찰하고 인식할 때, 시인은 그 풀꽃과 하나가 될 수 있다. "자세히 보아야/ 예쁘다// 오래 보아야/ 사랑스럽다// 너도 그렇다"는 '만물일여萬物一如, 우아일체宇我一體'의 '시인 정신의 승리'라고 할 수가 있다. 시인과 풀꽃이 하나가 되는 것, 이것은 아주 쉽고 간단하다. 시인이 전국민, 혹은 전인류의 애송시를 쓰는 것도 아주 쉽고 간단하다.

하지만, 그러나 좋은 습관과 좋은 생활의 태도를 갖는다는 것, 즉, 자세히 보고 오래 보는 최고급의 인식의 태도는 매우 어렵고 힘들다. 돈과 명예와 권력에 대한 생각도 버리지 않으면 안 되고, 아름답고 멋진 여자와의 연애에 대한 생각도 버리지 않으면 안 된다. 어중이 떠중이들과의 친교와 호화사치에 대한 생각도 버리지 않으면 안 되고, 만인들의 반대방향에서, 더욱더 외롭고 고독하지만, 자기 자신이 전인류의 시인(스승)이 될 수 있는 최고급의 인식의 전쟁을 연출해내지 않으면 안 된다.

때때로 배우고 익히면 어찌 즐겁지 않겠는가? 옛것을 배우고 새것을 익히면 어찌 즐겁지 않겠는가? '너 자신을 알라'라는 말을 익히고, '아는 것이 힘이다'라는 말을 실천하면 어찌 즐겁지 않겠는가? '모든 역사는 계급투쟁의 역사다'라는 말을 익히고, '나는 생각한다, 고로 존재한다'라는 말을 익히면 어찌 즐겁지 않겠는가? '투쟁은 만물의 아버지이다'라는 말과 '비판은 모든 학문의 예비학이다'라는 말을 익히고, 새로운 사상과 이론을 정립하면 어찌 즐겁고 기쁘지 않겠는가?

책도 읽고, 또 읽어야 한다. 전인류의 역사에서 가장 좋은 책들을 수십 번씩, 수백 번씩 되풀이 읽고 또 읽으며, 그것들보다 더 좋은 책을 써낸다는 것—, 이것이 곧바로 모든 시인들(지식인들)의 역사적 사명이기도 한 것이다.

책도 자세히 보아야 예쁘고, 책도 오래 보아야 사랑
스럽다.

나태주 시인의 '풀꽃의 승리'는 최고급의 인식의 제
전의 승리이기도 한 것이다.

최서림

카프카적

— 시인

이 땅에 신빙하기가 시작된 지 백년이 넘었다. 사람과 사람 사이의 빙벽, 핸드폰으로도 뚫고 들어갈 수가 없다. 연애도 머리로 하는 얼음인간들은 옆방에서 시체 썩는 냄새조차 맡을 줄 모른다. 외마디 신음소리조차 들을 줄 모른다. 빙하기에도 살아남은 벌레인간들은 돈 위에다 집을 짓고 돈 이파리를 뜯어먹고 산다. 흙보다 땅을 더 좋아하는 신인류, 한 자리에서 같은 언어로 말하는데 서로 다른 방언으로 들린다. 알아들으려고도 않는다. 소화도 흡수도 안 되는 비닐 같은 말, 그들의 말은 귀로 들어왔다가 곧바로 항문으로 빠져나가버린다.

아직도 돈보다 땅을, 땅보다 흙을 더 사랑하는 인간들이 있다.

로시난테를 타고 빙벽을 향해 돌진해보는 자들이

있다.

빙벽에다 말 폭탄을 던져보는 레지스탕스들이 있다.

말이 곧 장미가 되고 돌고래가 되던 때를 꿈꾸는 족
속들이 있다.

᳄

최서림 시인의 말대로 돈은 차가운 것이지, 뜨거운
것이 아니다. 돈은 사람과 사람 사이에 빙벽을 만들고,
연애마저도 싸늘하게 얼어붙게 만든다. 인터넷과 핸드
폰이 있어도 그 빙벽을 뚫을 수가 없고, 그토록 가까운
이웃들의 외마디 신음 소리마저도 들을 수가 없다. 신
빙하기의 인간들은 돈 위에다 집을 짓고, 돈 이파리를
뜯어먹고 산다. 흙보다는 땅을 더 좋아하고, 한 자리에
서 같은 언어로 말을 해도 서로 다른 말로 알아듣는다.
소화도 흡수도 안 되는 비닐같은 말들은 그들의 귀로
들어왔다가 곧바로 항문으로 빠져나간다.

카프카(시인)는 돈에 가위눌린 그레고리 잠자가 되
고, 이 한 마리의 애벌레는 '굶는 광대'가 된다. 이 굶
는 광대는 자본주의를 탈출하려는 반항아가 된다. 이
반항아는 돈보다는 땅을, 땅보다는 흙을 더 사랑하는
로시난테이고, 로시난테는 '자본주의라는 빙벽'에다가

그야말로 '말 폭탄을 던져보는 레지스탕스'가 된다. 이 세상에서 진정한 시인은 카프카이고, 로시난테이며, 이 레지스탕스들은 그야말로 미치광이들이라고 하지 않을 수가 없다. 왜냐하면 그들은 모두가 한결같이 말이 장미가 되고, 돌고래가 되는 이상낙원을 꿈꾸고 있기 때문이다.

시인이 동시대의 영웅이 되면 그때는 이미 그의 생명이 끝난 것이다. 소위 모든 영웅들은 커다란 사기꾼이며, 인간쓰레기에 지나지 않는다. '나는 신성모독을 범한다. 고로 존재한다'라는 비판의식으로 무장을 하고, 동시대의 가치관과 진리의 허위성을 폭로할 때만이 그는 진정한 시인이 될 수가 있는 것이다. 자기 자신의 살해자, 아버지와 스승의 살해자, 진리와 도덕의 살해자만이 미래의 인간형을 창출해내고, 시인이라는 월계관을 쓸 수가 있는 것이다.

돈은 차갑고, 돈이 쌓일수록 모든 것이 얼어붙고 싸늘한 이기주의만이 자라난다. 신빙하기의 인류는 돈벌레이며, 이 돈벌레의 '이기주의라는 독침'에 쏘이면, 모든 사랑과 믿음은 그대로 얼어붙게 된다. 돈은 영원한

악마의 선물이며, 돈은 언제, 어느 때나 배신을 때리고
뒤통수 치는 것을 좋아한다.

황지우

靈山

마을이 가까이 오면
산은 의인화된다.
마을 사람들은 앞산을 의상대라 부르고 있었다
의상대는 겸재식 부벽준의 도끼로 깎여 있다

천여 년 전 의상은 저 앞산에서 천공을 받아먹고 있
었다. 그는 이 사실로써 그의 라이방 원효에게 재고 싶
어졌다. 여수 돌산 영구암에서 놀고 있던 원효가 어
느 날 저녁 의상에게 들렀다. 이튿날 한식경이 되어
도 의상은 원효에게 공양을 갖다줄 생각을 아니하는
거디었다.

"의상 이놈아, 형님한테 밥 안 주냐?"

"형은 왜 이리 촐삭거려? 좀 기다려봐. 곧 소식이
올거야."

그러나 그 놈의 소식은 오질 않았다. 배고프다고 투

덜거리며 원효는 그 길로 내려가버렸다.

원효가 간 뒤 의상은 천공을 받았다. 그는 또 한 번 뼈아픈 질투심의 도끼에 찍혔다. 의상은 그 산을 버렸다.

산을 오르는 동안 사람들은 자신의 몸무게에 의해 실존주의자가 되었다가 산꼭대기에 이르면 유물론자가 된다.

서울을 빠져나올 때, 아내에게 "아무도 책임지려 하질 않아. 이건 내가 나에게 내린 유배야"라고 말했던 것도 우스꽝스럽고 부끄럽더군.

불행은 마력을 갖는다.

천년 전 의상이 버린 산을 오늘 내가 오른다.

그리스에는 올림프스 산이 있고, 인도에는 히말라야의 명산이 있다. 중국에는 태산이 있고, 한국에는 백두산이 있다. '영산靈山'은 성스러운 산이며, 그 민족의 역사와 전통을 이어주며, 그 넓고 넓은 산자락에 모든 생명체들을 다 품어 길러준다. 모든 샘물과 강물의 기원인 산, 모든 동식물들과 인간들의 기원인 산, 우리 인간들은 산에서 태어났고, 그 산자락에서 살아가고 있기 때문에 모든 산들은 성스러운 영산靈山이라고 하지 않을 수가 없다. 부처와 제우스와 시바와 마호메트와 예수마저도 이 산에 의해서 태어난 것이나 마찬가지이며, 모든 제사는 산신제山神祭에 지나지 않는다. "마을이 가까이 오면/ 산은 의인화된다." 이때의 의인화는 산이 인간화된다는 것이며, 산이 인간화된다는 것은 이 산이 인간을 보호해주는 영산이 되었다는 것을 뜻한다. 따지고 보면, 인간이 넓고 넓은 산자락에 찾아들고 그 경배의 표시로 이름을 붙인 것이지, 마을이 가까이 와서 산이 영산이 된 것은 아니다. 아무튼, 어쨌거나 마을 사람들은 앞산을 의상대로 부르고 있었는데, 왜냐하면 천여 년 전에 의상대사가 "겸재식 부벽준의 도끼로 깎여" 있는 듯한 천하의 절경 속에서 '부처의 도'를 닦고 있었기 때문이다.

의상대사와 원효대사는 사적으로는 호형호제하는 사이이며, 법적으로는 큰스님의 지위를 두고 서로간에 쌍벽을 이루는 지적 경쟁자라고 할 수가 있다. 의상대사는 당나라로 유학을 가서 화엄사상을 배워온 큰스님이었고, 원효대사는 해골바가지의 물을 마시고 진리, 즉, '부처의 도'를 깨달은 큰스님이었다. 화엄은 '사사무애事事無礙', 즉, 일체의 대립을 떠난 화합과 조화의 세계를 뜻하고, 원효대사의 '일체유심조一切唯心造'는 모든 진리는 마음이 지어낸다는 것을 뜻한다. 의상대사는 불교의 법통을 이은 사인史人이 되었고, 원효대사는 정통불교에서 벗어난 야인野人이 되었다. '화엄 대 일체유심조', 또는 '사인 대 야인'의 싸움은 황지우 시인의 「영산」에도 사실 그대로 나타고 있다고 할 수가 있다.

천여 년 전 의상대사는 천공을 받아먹고 있었고, 원효대사는 천공을 받아먹지 못했다. 천공이란 하늘에서 밥을 받아먹는 것을 말하고, 공양이란 스님이 절에서 밥을 먹는 것을 말한다. "여수 돌산 영구암에서 놀고 있던 원효가 어느 날 저녁 의상에게 들렀"고, "이튿날 한식경이 되어도 의상은 원효에게 공양을 갖다줄 생각을" 하지 않았다. 왜냐하면 하늘에서 공양을 받아먹을 수 있는 의상대사는 기껏해야 절에서 공양을 받아먹는 원효대사에게, 자기 자신의 도의 크기와 그 법력을 자랑하고 싶었기 때문이다. 따라서 이러한 차이, 즉, 천공을 받아먹을 수 있는 자와 그렇지 못한 자의 차이를 깨닫지 못한 원효대사가 "의상 이놈아, 형님한테 밥 안 주냐?"라고 투덜거리며 내려가게 되었고, 원효대사가 내려간 뒤 천공을 받아먹은 의상대사는 "또 한 번 뼈아픈 질투심의 도끼에" 찍히고, 그 결과, 그 산을 버리게 되었다.

의상대는 의상대사가 도를 닦은 천하의 절경이면서도 의상대사가 질투심의 도끼에 찍혀버린 부끄러운 장소라고 할 수가 있다. 큰스님의 도는 그것을 과시하지 않아도 좋은 도이며, 타인의 약점과 결점마저도 쓰다듬고 어루만져 주는 것이라고 할 수가 있다. 황지우 시인은 원효대사와 의상대사 간의 일화가 담겨 있는 '靈山'을 오르며, 그것을 되새겨 보고 있는데, 왜냐하면 그에게는 "아무도 책임지려 하질 않아. 이건 내가 나에게 내린 유배야"라고 말할 수밖에 없었던 한국의 사회 역사적인 상황이 벌어져 있었기 때문이다." (반경환, 『행복의 깊이』제2권 제2장) 산을 오를 때에는 자기 자신의 몸무게 때문에 이 세상의 삶을 헐뜯고 비방하는 실존주의자가 되고, 산꼭대기에 이르면 온천하가 다 발밑으로 내려다 보이기 때문에 자기 자신과 이 세상의 삶을 찬양하는 유물론자가 된다. 도를 깨우친 자와 그렇지 못한 자도 상대적이고, 사인史人과 야인野人도 상대적이다. 원효대사와 의상대사도 상대적이고, 실존주의자와 유물론자도 상대적이다.

황지우 시인은 이처럼 상대주의의 입장에 서서 "아무도 책임지려 하질 않아. 이건 내가 나에게 내린 유배야"라던 자기 자신의 선민의식마저도 아주 하찮은 것이라는 사실을 깨닫게 된다. 모든 것을 책임지려는 자와 모든 것을 책임지려고 하지 않는 자는 모두가 똑같은 자들에 지나지 않으며, 어느 누구도 그 실패에 대한 책임을 물을 자격이 없기 때문이다. 사랑과 관용, 또는 자비와 화엄의 정신이 부족한 것을 깨달은 것이 "불행은 마력을 갖는다/ 천년 전 의상이 버린 산을 오늘 내가 오른다"라는 가장 아름답고 멋진 시구로 이어지게 된 것이다.

황지우 시인의 「영산」이 영산인 것은 질투심과 그 질투심에서 비롯된 선민의식과 책임의식을 꾸짖고 있기 때문이며, 또한, 황지우 시인의 「영산」이 영산인 것은 영산과 불교와 실존주의와 유물론 등에 대한 역사 철학적인 지식과 함께, 사랑과 관용, 또는 자비와 화엄의 정신을 더없이 아름답고 화려하게(웅장하게) 펼쳐보이고 있기 때문이다.

영산은 솟아오르고, 영산은 겸재식 부벽준의 도끼로 깎여 있다.

영산은 솟아오르고, 일체유심조의 진리가 넓고 넓게 울려 퍼진다.

내 마음의 영산, 일체유심조의 영산—.

우리 한국의 대학교들은 언제, 어느 때 마르크스, 칸트, 니체, 쇼펜하우어, 괴테, 프로이트, 아인시타인,

뉴턴, 찰스 다윈, 데이비드 흄, 데카르트 같은 세계적인 석학들을 배출해내고, 그들을 자랑스러운 선배이자 스승으로 우러러보며 공부할 수가 있을 것이란 말인가? 한국의 대학교들은 돈 먹는 하마이며, 고비용―저효율 구조의 총본산이다. 분서갱유라는 말이 생각난다. 아아!!

나는 우리 한국인들이 가장 좋아하는 맛집을 차리고자 한다. 대통령도 국회의장도 대법원장도 대학총장도 재벌회장님도 남녀할 것이 없이 누구나 제일 좋아한다. 이름하여 뇌물밥집! 대박 날 팔자를 타고 난 사람은 전재산 다 투자하기를 바란다.

뇌물이 왜 그렇게 좋은가를 알고 있는 서울대 출신들은 대환영, 특별우대할 것이다.

공광규
소주병

술병은 잔에다
자기를 계속 따라주면서
속을 비워간다

빈 병은 아무렇게나 버려져
길거리나
쓰레기장에서 굴러다닌다

바람이 세게 불던 밤 나는
문 밖에서
아버지가 흐느끼는 소리를 들었다

나가보니
마루 끝에 쪼그려 앉은
빈 소주병이었다

한때는 그의 왕국을 건설했지만 백수의 왕인 사자도 늙고 힘이 없으면 젊은 숫사자들에게 물어뜯긴 채 사나운 포효는커녕, 너무나도 비참하게 죽어간다. 버마재비는 성교가 끝난 후 사랑하는 2세의 건강을 위하여 암컷에게 제 몸을 먹이로 바치고, 가시고기는 암컷이 산란을 하고 떠나면, 사랑하는 2세를 위하여 혼신의 힘을 다하다가 그 너덜너덜해진 몸을 최후의 먹이로 바친다.

셰익스피어의 '리어왕'은 그의 두 딸들에게 돈과 명예와 그의 왕국마저도 다 빼앗기고 미치광이로 떠돌다가 죽었고, 발자크의 '고리오 영감' 역시도 사랑하는 두 딸들에게 그토록 엄청난 재산을 다 털리고 알거지가 된 채로 죽었다.

이 세상에 아버지란 말처럼 더없이 슬프고 처량한 말이 있을까? 아버지란 말은 싸움이고, 상처이고, 아버지란 말은 상처뿐인 영광이고, 더없이 비참한 죽음뿐이다.

날이면 날마다 상사에게 피눈물이 나도록 혼이 나는 것도 아버지이고, 날이면 날마다 그토록 가까운 동료들과 피투성이가 되도록 승진경쟁을 벌여야 하는 것도 아버지이다. 가족들의 생계를 위하여 형무소의 담장을 넘어가야 하는 것도 아버지이고, 친구에게 배신을 당하고 전재산을 날려버리는 것도 아버지이다. 사랑하는 아들과 딸을 위하여 조기유학을 보내고 '기러기 아빠'로 죽는 것도 아버지이고, 국가와 민족을 위하여 전투를 벌여야 하는 것도 아버지이다.

밥 한 끼 덜 먹고 돈을 벌고, 새 옷과 새 구두도 마다하며 돈을 번다. 최고급의 승용차와 골프여행도 마다하며 돈을 벌고, 아들과 딸의 장래를 위하여 사생결단식으로 돈을 번다.

하지만, 그러나 이처럼 근검절약으로 돈을 벌어 놓으면, 아내에게 황혼 이혼을 당하거나, 아직 미처 죽기도 전에, 아내와 아들과 딸들이 서로간에 뒤엉켜 피투성이가 되도록 소송전을 벌이는 것을 지켜보아야 한다.

아버지, 아버지—, 오늘날의 아버지는 죽을 수도 없지만, 어쩌다가 죽더라도 제사 한번 지내줄 자식 놈도 없다.

아버지, 아버지, 개좆같은 아버지—, 모든 여성들이여, 네가 아버지 해라!!

아버지, 아버지, 소주병같은 아버지—, 어서 빨리 그 울음 멈추고, 두 번 다시 태어나지 마시라!!

성금숙
아직도 모과나무

애인이 생기면
꽃들은
알아서 피지

기다리지 않아도
소식이 오고
문이 열리고
불이 켜지지

애인은 둥근 웃음을
허허허
허공에 매달아 주는 사람

그 근처쯤에서
맹목은 거미줄에 걸리지

가출한 여자를 기다리는 옆집 아저씨
멀어질수록 불어나는 고 근방에서
하염없이 서성거리지

걸쇠를 모두 풀어놓고
문이란 문은 전부 열어놓고
불이란 불은 죄다 켜놓고

헛것처럼 썩은 모과 두어 알 달고 서서
생각하는 자세로 늙은
아직도, 모과나무

봄이 오면 꽃이 피고, 꽃이 피면 벌과 나비들이 찾아온다. 꽃이 지면 벌과 나비가 떠나가고, 벌과 나비가 더 이상 찾아오지 않으면, 그 꽃나무는 이 세상의 삶을 마감하게 된다. 애인이 생기면 꽃들이 알아서 피고, 기다리지 않아도 소식이 오고 문이 열린다. 창마다, 방마다 불이 환하게 켜지고, 애인은 그 불빛처럼 둥근 웃음을 "허허허/ 허공에 매달아" 준다.

하지만, 그러나 늙은 나무, 즉, 고목의 기다림은 맹목이 되고, 이 맹목은 거미줄에 걸려서 꼼짝달싹도 하지 못한다. 가출한 여자를 기다리는 옆집 아저씨는 성불구자이며, 옆집 아저씨의 기다림은 맹목의 헛수고에 지나지 않는다. 걸쇠를 모두 풀어놓고, 문이란 문은 모두 열어놓고, 불이라는 불은 모두 켜놓지만, 그 모든 것이 다 헛수고에 지나지 않는다. 성불구는 늙은 모과나무이며, 늙은 모과나무는 어떤 꽃도 피울 수가 없다.

"헛것처럼 썩은 모과 두어 알 달고 서서/ 생각하는 자세로 늙은/ 아직도, 모과나무"는 '당신이 과연 모과나무일 수 있느냐'라는 비아냥의 말이 된다.

국어사전적 의미로 '아직도'는 '때가 되지 못하였거나 미처 이르지 못하였음'을 나타내는 말일 수도 있고, '어떤 상태가 그대로 지속됨을 나타내는 말'이거나 '기껏 따져 보아야'를 나타내는 말일 수도 있다. 하지만, 그러나 성금숙 시인의 「아직도 모과나무」는 어떤 상태가 그대로 지속됨을 나타내는 말일 수도 있지만, 그러나 이때의 아직도는 '너는 이미 죽은 목숨이나 다름이 없어. 너는 왜 아직도 죽지 않았니?'라는 비아냥의 말일 수밖에 없다. 성금숙 시인의 「아직도 모과나무」는 더 이상 삶의 목표도, 삶의 의미도 없는 모과나무이며, 모든 지혜와 그 어떤 신화의 새싹도 소용이 없는 모과나무에 지나지 않는다.

젊음은 아름답고, 늙음은 추하다.

「아직도 모과나무」―. 한때는 천하도 다 내것이었지만, 이제는 한 줌의 먼지나 티끌처럼 사라져 가지 않으면 안 된다.

헛것처럼 썩은 모과 두어 알을 달고 있는 우리 한국인들은 남북화해와 남북통일만을 생각하지 그 이후를 생각하지 않는다.

부정부패를 모르는 전세계에서 가장 깨끗한 국가, 즉, 백년, 이 백년, 아니, 천년, 이 천년 이후의 영원한 제국을 생각하지 않는다.

「아직도 모과나무」는 조롱이고, 조소이며, 세계적인 망신거리로만 존재하는 우리 한국인들의 모습이라고 해도 과언이 아니다.

내가 가장 잘 할 수 있는 것은 공부하고 글을 쓰는 것이다. 나는 학문을 위해서 태어났지만, 나의 가정환경은 내가 초등학교 이상을 다니는 것을 허용하지 않았다.

나는 모든 것을 내 스스로 해결해야 하는 독학자였지만, 대한민국 최초로 낙천주의 사상과 이론을 정립했다.

나는 더욱더 멀리, 더욱더 높이 날아오를 수도 있었지만, 한 가장이라는 책임감 때문에『행복의 깊이』네 권으로 만족하고, 나의 꿈을 접어야만 했다.

김화연
만약이라는 말

만약이라는 말은
또 다른 지구
주머니에 넣기도 편하고
어느 곳에서나 먹을 수 있는 상비약 같은
만약이라는 말
자꾸 만지작거리면 영영 사라지기도 한다.
수만 개의 날개를 펴고 날아가기도 하고
검은 운석이 되어 떨어지기도 한다.
만약이라는 말 속에서는
집이 스스로 움직이고
꽃밭이 살아서 뒤란과 마당 끝을 옮겨 다닌다
움직임이 부산한 만약이라는 말
그 한마디에는 온통 변수들이 가득하다

그 만약을 누구나 갖고 산다

돌파구처럼 막다른 골목처럼

한 숨 끝에 곁들이는 그 만약이라는 말

이웃사촌인 듯 살뜰하다가도

꼬리 자르고 떠나는 도마뱀 같은 말

만지면 집게발을 떼어버리고 떠나는 꽃게 같은 말

빈부의 격차도 없고 성차별도 없는

과거와 미래를 마음대로 드나들 수 있는 두 글자

만약이라는 말 한마디로 늦은 밤까지 뒤척인다.

너무 멀리까지 가도 괜찮은

돌아오지 않으면 더 좋은 만약이라는 말

이 나무 저 나무 날아다니며

만약을 전하기 바쁜 새들과

뒤꼍 설익은 바람사이로 창문이 달리는 밤

머릿속에는 하루 동안 썼던

만약이라는 말이

우수수 머리맡에 떨어진다.

나는 베개를 만약이라는 말밑에 바친다.

나는 김화연 시인의 "만약이라는 말은/ 또 다른 지
구"라는 시구를 쫓아서, 그의 '상상력의 혁명'을 살펴보
고자 한다. 왜냐하면 만약이라는 말은 몸이 가볍고 수
만 개의 날개를 가졌기 때문이다. 만약이라는 말은 주
머니에 넣기도 편하고, 언제, 어느 때나 먹을 수 있는
만병통치약(상비약)과도 같다. 만약이라는 말은 검은
운석이 되어 떨어지기도 하고, 만약이라는 말 속에는
스스로 움직이는 집이 있다. 스스로 움직이는 집, 즉,
또 다른 지구이기 때문에, 꽃밭이 살아서 뒤란과 마당
끝을 옮겨다니기도 하고, 그 변신의 용이성 때문에 무
한히 자유롭고, 온갖 변수들로 가득 차 있기도 하다.

만약은 목구멍이고, 숨구멍이다. 만약은 귓구멍이고
눈구멍이다. 만약은 오줌구멍이고 똥구멍이다. 우리는
누구나 만약으로 밥 먹고, 만약으로 숨을 쉰다. 만약으
로 먼 산과 우주를 보고, 만약으로 수많은 새소리와 수

많은 행성들의 소리를 듣는다. 만약으로 소화하고, 만약으로 오줌을 누며, 만약으로 더러운 모든 것들을 배설한다. 만약은 돌파구 같기도 하고, 만약은 막다른 골목 같기도 하다. 살뜰한 이웃사촌 같기도 하고, 꼬리 자르고 도망가는 도마뱀 같기도 하다. 만약 앞에는 빈부 격차도 없고, 성차별도 없다. 과거와 미래 따위의 시간 개념도 없고, 따라서 만약은 머나먼 미래에서 머나먼 과거로 날아가기도 하고, 머나먼 과거에서 머나먼 미래로 날아가기도 한다. 만약은 '현재'라는 돌대가리를 꾸짖고, 현재의 느려터진 엉덩이를 걷어차며, 끝끝내 현재로 하여금 빛보다 더 빠른 속도로 날아다니게 한다. 만약은 사상가이며, 만약은 전인류의 스승이며, 만약 앞에는 어느 누구 하나 예외 없이 그의 제자(충복)가 된다.

만약이라는 말은 가정어법의 부사이며, 뜻밖에 어떤 일을 상상(가정)할 때 쓰는 말이라고 할 수가 있다. 만약에 내가 정치인이 되었더라면 세계 일등국가를 만들었을 것이고, 만약에 내가 철학자가 되었더라면 플라톤의 국가론보다 더 뛰어난 국가론을 썼을 것이다. 만약에 내가 시인이 되었더라면 전인류의 행복을 연출해냈을 것이고, 만약에 내가 순간의 욕망을 잘 억제했더라면 호색가라는 낙인이 찍히지는 않았을 것이다. 내가 좀 더 너그럽게 인정이 많았더라면 자비로운 사업가가 되었을 것이고, 내가 좀 더 상상력의 혁명을 위하여 전력투구하였더라면 전인류의 궁전을 완성했을 것이다. 만약은 가정이고, 때늦은 후회이며, 만약은 자기성찰이고, 만약은 상상력의 혁명이다.

"만약이라는 말 한마디로 늦은 밤까지 뒤척인다"는 것은 쓰디쓴 후회와 관련이 있고, 따라서 "너무 멀리까지 가도 괜찮은/ 돌아오지 않으면 더 좋은" 어떤 일일 수도 있다. 예컨대 첫사랑과는 헤어진지 오래되었고, 첫사랑과 약속했던 이상낙원은 더 이상 생각하지 않는 것이 숙면에는 특효약이 될 것이다. 전력투구했던 사업가의 꿈도 마찬가지이고, 천재지변과도 같았던 우연한 재앙들에 대한 생각도 마찬가지이다. 하지만, 그러나 만약은 너무 멀리 가버렸고, "만약을 전하기 바쁜 새들"이 이 나무에서 저 나무로 날아다니며 온갖 잠자리를 어지럽힌다. "뒤꼍 설익은 바람 사이로 창문이 달리는 밤", "머릿속에는 하루 동안 썼던/ 만약이라는 말이/ 우수수 머리맡에 떨어진다." 나는 더 이상 잠을 이

룰 수가 없어서, 오히려, 거꾸로 나의 "베개를 만약이라는 말밑에 바친다."

"만약아, 만약아! 이제 제발 진정 좀 하고 잠이나 자자꾸나!"

김화연 시인의 「만약이라는 말」은 언어학적 성찰의 승리이자 역사 철학적인 인식의 승리이고, 궁극적으로는 시적 상상력의 승리라고 할 수가 있다. 만약은 또 다른 우주(지구)이며, 이 지구에는 수천 억 개의 만약이라는 별(말)들이 다종다양한 말놀이와 함께, 최고급의 인식의 전쟁을 벌이고 있는 것이다. 또 다른 지구라는 말, 주머니에 넣기 편하고, 언제, 어느 때나 먹을 수 있는 만병통치약과도 같은 말, 수만 개의 날개를 가지고 그 한 마디에 온갖 변수들로 가득 찬 말, 돌파구와도 같고 막다른 골목과도 같은 말, 이웃사촌같이 살뜰하고 집게발을 떼어버리고 도망가는 꽃게 같은 말, 빈부 격차도 없고, 성차별도 없고, 만인평등을 주창하는 말—.

만약은 말의 텃밭이고, 만약은 존재의 집이다. 만약은 이 세상의 꽃밭이고, 만약은 온갖 새와 벌과 나비들의 놀이터이다. 태초에 만약이 있었고, 만약에 의하여 모든 우주와 생명체들이 태어났고, 따라서 만약이 김화연 시인의 소망이나 푸념처럼 베개를 베고 잠들면, 이 우주는 대폭발을 하게 될 것이다.

　만약이라는 우주의 대폭발―!!
　오오, 그러나, 만약에, 만약에, '만약이라는 우주(지구)'가 살아 있다는 것이 얼마나 다행이고 크나큰 행운이란 말인가?
　여기는 '만약이라는 이상낙원'―, 이 이상낙원을 방문하는 자는 언제, 어느 때나 '만약이라는 이상낙원의 창조주'인 김화연 시인에게 경의를 표하지 않으면 안 된다.

오영미

벼랑 끝으로 부메랑

더 이상 전화하지 마
이게 마지막이야
문을 닫아야 해
가져갈 게 있으면 챙겨 가
냉동고라도 갖다 써
그나마 아무것도 건드리지 못하게 될 거야
마지막 최선의 선택이니까
이해해달라고 말하지 않을게
이제 나는 신용불량자가 될 것이고
세상과의 단절을 하게 될지 모르지
하루가 이렇게 까만 줄 몰랐어
어제와 오늘이 빨간 딱지 하나로 움직여
나에게 내일이 있다는 건 거짓말
발가벗긴 영혼마저 상실이야
빼앗겨도 억울하진 않아

속이 후련하다고 하면 믿을까

그냥 다 버리고 싶어

이렇게 벼랑 끝으로 내몰려 봐

아무 생각도 없어져

그렇다면, 다시 돌아가자

부자일 때는 가난한 자를 욕하고, 가난할 때는 부자를 욕한다. 이것이 자본주의와 공산주의의 기원이고, 따라서 좌우 이데올로기는 상대적인 것이다. 부자는 언제, 어느 때나 근면성실하고, 오직 피와 땀과 눈물로 부를 축적했다고 말하고, 가난한 자는 제 아무리 근면성실하고 열심히 노력해도 부자가 될 수 없다고 말한다. 부자는 가난한 자를 게으르고 무식하며 타인의 부를 죄악시 하는 반사회적 근성이 있다고 말하고, 가난한 자는 부자를 온갖 탈법과 불법으로 노동력을 착취하며, 이 세상을 지옥으로 연출해낸 악마라고 말한다. '부자 대 가난한 자', 이 싸움은 한 사회를 움직여가는 근본적인 동력이지만, 그러나 상호 위치와 입장에 따라서 그 가치관이 변모를 하게 된다. 부자였던 자도 가난해지면 부자를 욕하고, 가난했던 자도 부자가 되면 가난한 자를 욕한다. 부유함은 안락함이고 행복이고, 부유함은 단 하나의 진리이고 최고의 선이다. 가난은 고통이고 불행이며, 가난은 생존의 벼랑 끝이며 최고의 악이다. 따라서 한 사회가 건강하고 역동적이라면, 이 '부자 대 가난한 자의 싸움'을 잘 조정하고 관리하며, 모두가 다같이 잘 살 수 있는 선진국가로 만들어나갈 수도 있을 것이다.

오영미 시인의 「벼랑 끝으로 부메랑」은 최선의 노력에도 불구하고 행운의 여신으로부터 버림을 받은 자의 절규이며, 그 벼랑 끝을 탈출하려고 노력할수록 더욱더 벼랑 끝으로 몰린 자의 단말마의 비명이라고 할 수가 있다. 벼랑이란 무엇이고, 부메랑이란 무엇인가? 벼랑이란 천 길의 낭떠러지이고 생명의 끝을 말하고, 부메랑이란 던지면 되돌아오는 어떤 것, 즉, 이중-삼중적인 불행을 뜻한다. 채무를 갚지 못하면 부도가 나고, 부도가 나면 신용불량자가 되어 형사처벌을 받거나 도망자의 신세가 된다. 이 도망자는 인간 이하의 길고양이가 되어 쓰레기통을 뒤지거나 생선가게나 터는 좀도둑질로 그의 더러운 목숨을 연명하게 된다. "더 이상 전화하지 마/ 이게 마지막이야/ 문을 닫아야 해/ 가져갈 게 있으면 챙겨 가/ 냉동고라도 갖다 써/ 그나마

아무것도 건드리지 못하게 될 거야"도 단말마의 비명
이고, "이제 나는 신용불량자가 될 것이고/ 세상과의
단절을 하게 될지 모르지/ 하루가 이렇게 까만 줄 몰랐
어/ 어제와 오늘이 빨간 딱지 하나로 움직여/ 나에게
내일이 있다는 건 거짓말/ 발가벗긴 영혼마저 상실이
야"도 단말마의 비명이다. 가난은 부도가 되고, 부도는
신용불량자가 된다. 신용불량자는 빨간 딱지가 되고,
빨간 딱지는 천 길의 벼랑 끝이 된다. 이 가난, 이 벼랑
끝에서 탈출하려고 하면 할수록, 이자와 이자가 쌓이
고, 채무의 깊이는 천 길의 벼랑 끝을 만들어 버린다.
일종의 부메랑 효과이고, 이제는 더 이상 행운의 여신
의 손길도 기대할 수가 없게 된다.

오영미 시인의「벼랑 끝으로 부메랑」은 대화체의 진
술발화이며, 다른 한편, 대화체의 실천발화라고 할 수
가 있다. 대화체의 진술발화는 독백이고, 고백이며, 최
후의 통첩이 되고, 대화체의 실천발화는 그 진술발화
의 실천이며, "발가벗긴 영혼마저 상실이야"라는 시
구에서처럼, 단말마의 비명이며, 그 비명의 실천이다.
벼랑 끝 25시는 온갖 어둠이며, 혼돈이고, 벼랑 끝 25
시는 천지개벽이며, 대폭발이다. 오영미 시인의 '벼랑

끝 시학'은 아슬아슬한 줄타기이며, 더 이상 물러설 곳이 없는 '악순환의 아찔한 부메랑'이다. 모든 시는 최후통첩이며, 이 최후통첩이 예술의 절정으로 승화된 것이다. 생존의 벼랑 끝에 몰려 있다는 것, 단 하나의 거짓도 없다는 것, 그것은 개인의 문제이면서도 우리 모두의 문제라는 것이 오영미 시인의 시적 승리라고 할 수가 있는 것이다.

시는 생존의 벼랑 끝이고, 이 세상에서 가장 아름다운 것은 이 생존의 벼랑 끝이라고 할 수가 있다. 시는 온몸으로, 온몸으로 쓰는 것이다.

오영미
미투 미투 미투

나를 고발하라
나도 성추행 한 적 있다
가만히 생각하니
남자의 허벅지 만진 적 있고
엉덩이 툭 친 적 있는 것 같다
젖꼭지 건드린 적도
앞가슴 털을 쓰다듬었고
목덜미 주무르며
킬킬거렸던 적
그랬던 적 분명 있다
아 술을 마시고 취한 척?
아니다, 몽롱한 기분으로
입술 더듬은 적
블루스 춘다며
밀착시킨 몸으로 느낀 적

있었다, 서로 그런 적 없다면
미투가 아닌 것일까

몇 해 전 문단의 성추행 사건으로 배용제 시인이 구속되었고, 소설가 박범신과 시인 박진성이 너무나도 엄청나게 곤욕을 치른 바가 있었다. 그러다가 또다시 서지현 검사의 폭로로 성추행 사건이 한국사회를 강타했고, 너도 나도 '미투운동'에 동참을 하게 되었다. 그 결과, 안태근 검사장, 안희정 충남지사, 이윤택 연출가, 고은 시인, 김기덕 영화감독, 오태석 대학교수 겸 연출가, 조재현 영화배우, 오달수 영화배우, 조민기 대학교수 겸 영화배우, 김흥국 가수 등이 성추행 사건의 가해자로 낙인을 찍혔다. 대학교수 겸 영화배우 조민기가 스스로 목숨을 끊었고, 안희정 충남지사가 옷을 벗고 형사 입건이 되었고, 연출가 이윤택이 구속되었다. 가수 김흥국은 고소와 맞고소의 장본인이 되었고, 대학교수 겸 연출가 오태석, 영화감독 김기덕, 영화배우 조재현, 시인 고은은 잠적을 했고, 영화배우 오달수는 부산에서 술만을 마시다가 끝끝내는 병원에 실려 가게 되었다.

'미투'는 '나도 당했다'라는 세계적인 '성추행 고발운동'이고, 이 세상에서 성추행을 뿌리뽑자는 운동이며, 나 역시도 이 '미투운동'에 무한한 성원과 지지를 보낸다. 하지만, 그러나 이 미투운동이 모든 남자들을 잠정적인 성추행범으로 단죄하며, 흔히 있을 수 있는 구애활동이나 연애사건마저도 사회적 약자의 탈을 쓴 여성들의 입맛대로 무차별적으로 연출(폭로)되는 것에는 반대를 한다. 남녀가 만나 이차, 삼차 술자리를 함께 했다가 수없이 호텔과 여관을 들락거렸다는 것은 제 아무리 사회적 약자라고 할지라도 그 남자를 더 이상 만나지 않거나 그 자리를 빠져나오면 되었을 것이다. 회사에서, 또는 일터에서 상하의 관계를 맺고 사회적 지위와 그 권력을 이용한 자는 너무나도 마땅하게 일벌백계로 단죄를 해야 하지만, 오히려, 거꾸로 상대방의 사회적 지위와 권력을 이용하여 신분상승을 꿈꾸었던 여성들의 행위마저도 또한, 너무나도 엄격하게 단죄를 해야 마땅했던 것이다. 그토록 소중하고 아름다운 성이 유혹의 무기가 되고 상품이 된다는 것은

'미투운동'의 본질도 아니며, 그 어떤 변명도 소용이 없기 때문이다.

남자는 사회적 강자이고, 여자는 사회적 약자이다. 성추행은 남성의 전유물이 되고, 다른 한편, 성추행은 여성의 피해사건이 된다. 하지만, 그러나 오영미 시인의 「미투 미투 미투」는 한국사회를 강타한 미투운동에 반발하여, 여성의 입장에서, 남성을 성추행했다는 자기 고발의 시라고 할 수가 있다. "나를 고발하라/ 나도 성추행 한 적 있다." "가만히 생각하니/ 남자의 허벅지를 만진 적도 있고" 남자의 "엉덩이를 툭 친 적"도 있다. 남자의 젖꼭지를 만진 적도 있고, 앞가슴의 털을 쓰다듬은 적도 있다. 남자의 목덜미를 주무르며 킬킬거린 적도 있고, 입술을 더듬고 키스를 한 적도 있다. 블루스를 춘다며 남자의 사타구니에 밀착시킨 적도 있고, 나도 나의 성적 욕망에 따라 또다른 남자를 성추행한 적도 있다. 오영미 시인의 「미투 미투 미투」는 너무나도 정상적인 여성의 자기 고발의 시이며, 성적 욕망을 지닌 여성이면 어느 누구도 예외가 될 수 없다. 성적 욕망은 비 이성적인 종족의 명령이며, 이 종족의 명령 앞에서는 그 어느 누구도 복종하지 않을 수가 없다.

하지만, 그러나 너무나도 순수하고 정상적인 구애활동에 있어서도 남자들은 적극적이고, 여자들은 소극적일 수밖에 없다. 모든 수컷들은 발정기에는 피투성이가 되도록 싸우며 자기 자신의 목숨을 걸지만, 여자들은 발정기가 되어서도 그것을 은폐하고 남자들의 강력한 구애활동만을 기다린다. 대부분의 남자들은 여자들의 유혹과 성추행을 좋아하지, 그것을 거부하지 않는다. 나도 젊은 시절, 어느 계곡의 야유회에서, 그것도 여러 사람 앞에서 수영복 팬티를 벗긴 적이 있었다. 너무나도 가깝고 사이 좋은 친구들 앞이었기 때문에, 나는 그것을 있을 수 있는 장난이라고 생각했지, 성추행이라고는 생각하지 않았다. 하지만, 그러나, 내가 거꾸로 「미투 미투 미투」의 반대방향에서, 그 여성의 가슴을 만지고, 강제 키스를 하고, 그 여성의 팬티를 벗겼다면 곧바로 '세계적인 사건'으로 비화되었을 것이다. 남자들은 여자들의 신체적 접촉을 애정의 표현으로 생각하지만, 여성들은 대부분이 신체적 접촉을 성추행으로 생각한다는 것이다. 바로 여기에서, 이 지점에서, 남성과 여성의 구애활동과 성추행 사건에 대한 생각이 충돌하고 있는 것이다. 모든 구애활동은 성적 욕망이

기본이며, 성추행이나 성희롱이 없으면 그것은 이루어지지 않는다. 따라서 이 성추행과 성희롱이 순수한 사랑, 즉, 구애활동으로 받아들여지느냐, 아니냐에 따라서 그 명암이 엇갈리게 된다. 모든 연애활동은 형무소의 담장 위를 걷는 범죄활동이 되었고, 이제는 인간의 성적 욕망마저도 '범죄의 아슬아슬한 줄타기'를 강요하는 '악질적인 사건의 사주자'가 되고 말았다.

미투, 미투, 미투─. 모든 악질적인 성추행자는 사회적으로 매장시켜버려야 하지만, 이제는 좀 더 이성을 회복하여 흥분을 가라앉히고, 정상적인 구애활동과 성추행을 엄격하게 구분하는 도덕적인 가치기준표를 마련하지 않으면 안 된다. 밤이 없으면 낮이 없고, 악이 없으면 선이 없다. 성추행이 없으면 사랑도 없고, 전쟁이 없으면 평화도 없다. 좀 더 과감하게 말한다면, 니체의 말대로 '범죄의 생산성'도 있는 것이며, 범죄가 없다면 그 사회의 건강함도 무너지게 되어 있는 것이다. 만약에, 모든 범죄가 너무나도 완벽하게 소탕된다면, 경찰, 검찰, 판사, 변호사, 군인, 국회의원, 장관, 심지어는 대통령까지도 옷을 벗고 그 직업을 잃어버리게 될 것이고, 그 사회는 목석과도 같은 죽은 사회가 되거나, 또다른 범죄국가로 재탄생하게 될 것이다. 보다 중요한 것은 범죄와 선행 사이의 균형이며, 이 균형 속에서 정의사회를 구현하려는 노력일 것이다. 감기몸살이나 중병을 앓은 적이 있다고 해서 그를 병약자라고 할 수가 없듯이, 성추행 사건마저도 너무나도 정상적이고 건강한 사회가 수용해야 할 병집과도 같은 것이라고 할 수가 있다. 죄는 미워하되 더 이상 남성 전체를 성추행범으로 모독하거나 단죄하지 않기를 바란다.

농담같은 진담, 아니 진담같은 농담이지만, 자유연애제도를 실시하고 모든 혼인제도를 폐지했으면 한다. 남녀가 자유롭게 만나 동거를 하고, 그 기간은 1년도 좋고, 5년도 좋고, 모든 당사자들의 합의에 따라서 자유롭게 만나고 헤어졌으면 한다. 아이가 생기면 모두들 국가가 지정한 탁아소와 교육기관에 맡겨 양육 및 교육을 담당하게 해야 한다. 모든 경제활동은 부국강병의 목표 아래 각자 자유롭게 하되, 세금을 전체 소득의 70%로 정하고, 세금을 많이 내는 자들로 하여금 모든 단체와 정당과 공공기관과 정부를 운영하게 해야만 한다. 모든 선출직 공직자는 '무보수 명예직'으로 하되, 이타적이고 헌신적인 사람, 즉, 세금을 많이 내는 사람 중에서 뽑고, 그의 헌신적인 노력으로 영원한 제국을 경영하게 했으면 한다.

누구나 만나 자유롭게 사랑하고, 언제, 어느 때나 아이를 낳고 자유롭게 헤어질 수 있는 자유연애제도(자유동거제도)를 실시하면 '저출산-고령화의 문제'도 해결되고, 성매매와 성매수, 성적 소외자와 빈부의 문제도 해결될 것이다. 너무나도 한 여름밤의 잠꼬대와도 같은 헛소리일 수도 있지만, 이 '헛소리의 진리'로 세계 최초로 지상낙원을 건설할 수도 있을 것이다.

'미투, 미투, 미투'하다가 보니까, '미투의 생산성'으로 성추행이나 성희롱이 없는 사회를 나의 낙천주의 사상에 따라서 구상해보게 되었다.

오현정
하얀 구두의 집

우체부를 기다리다 여자는 광장으로 나온다.

천문 시계탑 위에는 해골로 서있는 사람과 기타 치는 사내와 유태상인이

쾌락과 돈만 쫓으면 빈 해골이 된다며 사람들을 내려다보고 있다.

신神을 만나러 아드리아 바다로 간 남자의 왕관은 오지 않고

소원이 끓고 있는 다리 위, 불빛이 연인들의 자물쇠를 따보려고 긴 팔로 블타바 강을 저어간다.

번지수 대신 양과 호랑이, 용과 물고기, 하얀 구두 장식이 달린 집의 대문에 기다림을 넣는 프라하의 골목은 첫사랑의 열쇠다.

처녀가 아침마다 새로 신는 하얀 구두다.

앞굽 뒷굽을 돌길에 누르며 탭댄스를 추다

여자는 닳은 발에 입맞춤하며 왕이 될 남자를 작은 봉투에 봉한다.

쓸쓸한 이마를 짚은 하늘이 붉은 술을 머금고 중세로 가고 있다.

성당의 성사고백을 다 들은 바람이 종을 치는 하늘의 집

창문이 열리고 열두 제자가 찰나의 시각너머 영원을 올리며 사라진다.

한 사람을 가슴에 들이기 위해 온몸에 종소리를 흔드는

여자의 하얀 구두는 젖빛으로 물든 긴 편지를 읽는다.

이 세상을 떠돌아 다니는 사람과 그를 기다리는 사람 중, 어느 누가 더 애간장이 타고 괴로워하게 되는 것일까? 그것은 두말할 것도 없이 그를 기다리는 사람인데, 왜냐하면 이 세상을 떠돌아다니는 사람은 날이면 날마다 새로운 사건과 새로운 사람을 만나고 그들과 함께 싸워야 하기 때문이다. 낮에는 시아버지의 수의를 짜고 밤이면 그것을 도로 풀어서 수많은 청혼자들을 물리쳤던 오딧세우스의 아내 페넬로페가 그것을 말해주고, 사랑하는 연인인 에우리디케를 찾아서 저승까지 내려갔던 오르페우스가 그것을 말해준다. 이도령을 기다리던 성춘향이도 그것을 말해주고, 백마를 탄 왕자를 기다리던 신데렐라도 그것을 말해준다. 기다림은 초조와 불안과 외로움과 쓸쓸함을 낳고, 다른 한편, 기다림은 기대와 설레임과 미래의 희망과 황홀함을 낳는다.

오현정 시인의 「하얀 구두의 집」은 가문의 문양이자

상징이고, 그 구두의 의미는 무한한 영광과 행복을 뜻
한다. 미래의 희망이자 이상낙원의 상징이 아니라면
'하얀 구두의 집'은 그 존재의 의미를 상실하게 된다.
「하얀 구두의 집」의 주제는 이루어질 수 없는 사랑이
며, 때는 중세이고, 장소는 체코의 수도인 프라하의 골
목이다. 천문의 시계탑에는 세 사람이 있다. 기타 치
는 사내는 놀기를 좋아하는 베짱이를 뜻하고, 유태상
인은 돈을 좋아하는 수전노를 뜻하고, 해골의 사내는
그 둘을 비웃으며, 쾌락과 돈의 무상성을 강조한다.
"우체부를 기다리다 여자는 광장으로 나온다"라는 시
구에는 대단히 의미심장한 역사 철학적인 사유가 함축
되어 있는데, 왜냐하면 그녀의 기다림은 쾌락과 돈에
맞닿아 있고, 따라서 그 기다림을 참지 못해 광장으로
나왔다는 것은 그 기다림의 무상성에 맞닿아 있기 때문
이다. 희망의 저울추가 기울고 절망의 저울추가 올라
가며, 그 어떤 불길한 조짐의 싹이 트고 있는 것이다.

남자는 멋진 남자이고 백마 탄 남자이며, 황금빛 왕
관을 쓸 제왕이지만, 그러나 그의 금의환향의 소식은
들려오지 않고, 전혀 엉뚱하게 "소원이 끓고 있는 다리
위, 불빛이 연인들의 자물쇠를 따보려고 긴 팔로 블타

바 강을 저어간다." 자물쇠는 행운의 자물쇠이며, 내 사랑 백마 탄 남자와 그 자물쇠를 따려는 수많은 불빛의 욕망들은 무서운 원수형제들이며, 다같이 황금빛 왕관을 노리는 짝패들에 지나지 않는다. 황금빛 왕관은 무한한 영광과 행복의 상징이며, 만인들의 욕망이 집중된 것이고, 서로간에 단 한 치도 양보할 수 없는 권력투쟁의 역사를 간직하고 있다. 번지수 대신, 문패 대신, "양과 호랑이, 용과 물고기, 하얀 구두 장식이 달린" "프라하의 골목은 첫사랑의 열쇠"라고 하지만, 그 첫사랑의 열쇠는 이내 피로 물들었거나 그 순수성이 퇴색해버린다. 기대는 배반을 낳고, 배반은 절망을 낳고, 절망은 첫사랑을 허무하게 만든다.

내 사랑 백마 탄 남자는 신을 만나러 아드리아 바다로 가서 돌아오지 않고, 첫사랑을 기다리는 하얀 구두의 여자는 "앞굽 뒷굽을 돌길에 누르며 탭댄스를 추다"가 "닳은 발에 입맞춤하며 왕이 될 남자를 작은 봉투에 봉한다." 내 사랑 백마 탄 남자가 없는 탭댄스는 공허하고, 닳은 발은 도로아미타불의 헛수고를 뜻하며, "왕이 될 남자를 작은 봉투에 봉한다"는 것은 이루어질 수 없는 사랑, 즉, 박제화된 사랑을 뜻한다. 하얀 구두는 첫사랑이고, 첫사랑은 순수하고 아름답지만, 그 실체가 없다. 첫사랑의 이마는 쓸쓸하고, 어쩔 수 없이 술을 마신 여자는 역사의 신을 거꾸로 신고 중세의 노을 속으로 걸어 들어간다. 성당의 종소리도 부질없고, 하늘의 집 창문이 열리고 열두 제자가 나타나도 황금 왕관을 쓴 내 첫사랑은 나타나지 않는다.

첫사랑은 이루어지면 환상이 깨지고, 이루어지지 않으면 그 첫사랑은 신화와 전설의 옷을 입고 더욱더 눈부시고 아름답게 나타난다. 영원히 떠나가고, 영원히 돌아오지 않는 첫사랑을 기다리기 위해 온몸으로 종소리를 울리고, 하얀 구두를 신은 여자는 젖빛으로 물든 긴 편지를 읽는다.

젖빛, 모든 생명의 기원—.

젖빛으로 물든 편지, 영원히 이루어질 수 없는 첫사랑의 편지—.

돈과 쾌락은 허망하고, 또 허망하지만, 그 허망함을 꿈꾸는 하얀 구두는 모든 연인들의 구두가 되고, 이루어질 수 없는 사랑의 이야기는 영원히 계속된다.

오현정 시인의 「하얀 구두의 집」은 그의 역사 철학적인 인식의 토대 위에 세워진 집이며, 이루어질 수 없는 사랑을, 이루어질 수 없는 사랑으로 더욱더 아름답고 멋지게 미화시킨 시라고 할 수가 있다.

최서림

광안리

광안리産 내 아내의 엉덩이에는
아직도 부산 앞바다가 출렁인다.
놀래미, 바지락, 따개비가 서식하고 있다.
꽁치, 고등어, 갈치 떼도 몰려다닌다.
태풍에 밀려와 터를 잡은 열대어들도 있다.
이따금 아내 몸 한쪽이 남양南洋을 향해
대책 없이 열려지는 이유이기도 할게다.
중계본동 내 아내의 엉덩이에는
우리 가족이 참새처럼 텃세부리며 살고 있다.
화초도 가족으로 한번 인정받으면
시들어죽지 않고는 내쳐지는 법이 없다.
해초도 물고기도 살지 않는 이 도시의 바다,
외출하는 아내의 몸에서 뱃고동 소리가 들린다.
안개가 항로를 열어주자 봄바람이 달려와 휘감는다.
내 아내의 엉덩이로 중계본동이 들어와

옛날 가난해서 부자였던 광안리 같은 작은 어촌이 된다.

일일삼성一日三省이라는 말이 있다. 하루에 세 번씩 반성하고 성찰하면 우리는 누구나 다같이 시인이 될 수가 있다. 한 번 반성하면 정직해지고, 두 번 반성하면 지혜로워지고, 세 번 반성하면 새로운 사람이 된다. 정직한 사람은 지혜로운 사람이 되고, 지혜로운 사람은 새로운 사람(시인)이 된다. 우리가 날이면 날마다 최서림 시인처럼 '광안리 바닷가'를 거닐면서 시를 쓰고 시를 생활화해야 하는 까닭이 여기에 있는 것이다.

어머니는 딸이 되고, 딸은 아내가 된다. 아내는 또다시 어머니가 되고, 어머니는 영원한 고향이 된다. 아내의 엉덩이는 영원한 텃밭이 되고, 아내의 엉덩이에는 모든 것이 다 살고 있다. 놀래미, 바지락, 따개비, 꽁치, 고등어, 갈치 떼도 살고 있고, 태풍에 밀려와 터를 잡은 열대어들도 살고 있다. 이따금 아내의 엉덩이가 남양으로 대책없이 열리면, 수많은 갈매기와 도

요새와 큰고니와 작은고니와 노랑부리저어새들이 날아오지만, 그러나 최서림 시인의 가족은 아내의 엉덩이에 "참새처럼 텃세부리며" 살게 된다. "광안리産 내 아내의 엉덩이"는 얼마나 꾸밈없이 아름다운 것이며, "놀래미, 바지락, 따개비, 꽁치, 고등어, 갈치 떼" 등이 살고 있는 내 아내의 엉덩이는 얼마나 꾸밈없이 아름다운 것이란 말인가? 또한, "중계본동 내 아내의 엉덩이에는/ 우리 가족이 참새처럼 텃세부리며 살고 있다"라는 시구는 얼마나 아름답고 멋진 시구인 것이며, "해초도 물고기도 살지 않는 이 도시의 바다/ 외출하는 아내의 몸에서 뱃고동 소리가 들린다"라는 시구는 얼마나 아름답고 멋진 시구이란 말인가?

광안리산 아내의 엉덩이는 고향이고, 이상낙원이며, 모든 기적의 진원지이다. "옛날 가난해서 부자였던 광안리"가 탈자본주의 사회의 대안이 되고, 모든 만물이 공생–공존할 수 있는 삶의 터전이 된다. 시는 아주 가까운데 있고, 시는 그 어떠한 꾸밈이나 장식도 모른다. 하루 세 번씩 반성하고, 이 삶의 내용을 쓰면 시가 되는 것이지, 그 어떠한 이념이나 전문용어 속에 있는 것이 아니다. 모든 좋은 시는 대부분이 순수한 우리말로 되어 있고, 이 순수한 우리말 속에는 시인과 우리의 영혼이 살아 숨쉬고 있다.

오늘도, 지금 이 순간에도 아내의 엉덩이는 살아 있고, 아내의 엉덩이에서는 광안리의 넓고 푸른 바다가 살아 움직인다.

정직하고 지혜로운 시인의 기적, 순수하고 때 묻지 않은 우리말로 모든 가짜 시를 물리친 최서림 시인의 기적—. 이 기적은 쉽고, 이 기적은 위대하다.

천하의 명시를 쓰는 것은 아주 쉽고 간단하다. 하지만, 그러나 하루 세 번씩 반성하고 성찰하며, 새로운 시인으로 태어나는 것은 어느 누구나 할 수 있는 것이 아니다.

김문성
Twin Lakes

추위가 한풀 꺾였다지만
바람이 시리다

길을 사이에 두고
얼굴을 맞댄 호수는
주고받는 대꾸가 쌀쌀하다
앰한 토씨가 거슬려서
말을 잇지 못하고
수면이 할퀸 물비늘은
해석이 분분하다

이파리 벗은 나무들 멀리
새소리가 차고
계절이 제 이름을 잊었는데
움츠린 두 호수 사잇길에
바람이 주춤거린다

일찍이 니체는 "나무를 치명적으로 손상시키지 않고서도 타국의 신화라는 나무를 성공적으로 이식해낸다는 것은 불가능하다"라고 말한 바가 있지만, 자기가 태어난 나라를 떠나서 다른 나라에다가 둥지를 튼다는 것은 일생일대의 최고의 세계적인 사건이라고 할 수가 있다. 이주민과 원주민은 적대관계로 형성되어 있고, 따라서 자연스럽게 이주민은 원주민의 도덕과 풍습과 사법체계 아래 종속될 수밖에 없는 것이다. 언어도 다르고, 전통과 역사도 다르다. 피부색깔도 다르고, 이 세계를 바라보는 종교관이나 세계관도 다르다. 따라서 이주민은 원주민의 텃세와 풍습의 도덕 앞에서 너무나도 공손한 태도를 지니며, 그 이주민의 한을 극복하고 싶어하지만, 그러나 그 이주민의 한은 영원히 극복되지를 않는다. 가령, 예컨대, 김문성 시인은 조지아주 애틀랜타에서 35년을 살았지만, 그러나 그가 미국시민

권자라고 해서 미국인으로 동화된 것은 아니다. 그는 여전히 아시아의 조그만 나라, 즉, 한국에서 이민을 온 이방인에 지나지 않으며, 상류사회로의 신분이동이 정지된 자에 지나지 않는다. 다른 한편, 그의 조국인 한국에서도 그의 생각과 가치관은 미국식이며, 그는 미국으로 이민을 떠나간 자에 지나지 않는다. 이민자는 뿌리뽑힌 자이며, 영원한 경계인, 즉, '영원한 디아스포라'라고 할 수가 있다. 텃세는 영토싸움이며, 이 영토싸움에서 패배를 한다는 것은 동물이나 인간이나 일생일대의 최악의 위기라고 할 수가 있다.

김문성 시인의 「Twin Lakes」는 이방인의 한이 '사잇길의 시학'으로 승화되어 있다고 할 수가 있다. 추위가 한풀 꺾였다고는 하지만, 바람은 여전히 차고, 얼굴을 맞댄 호수는 주고 받는 말들이 여전히 쌀쌀하기만 하다. 바람이 여전히 차다는 것은 이주민을 둘러싼 세계의 기운이 되고, 두 호수간의 주고 받는 말들이 여전히 쌀쌀하다는 것은 서로가 서로의 관계를 인정하지 않는 불화의 관계라는 것을 뜻한다. 그 이유는 "앰한 토씨" 때문이고, 이 "앰한 토씨" 때문에, "수면이 할퀸 물비늘"이라는 시구에서처럼, 서로가 서로의 멱살을 움켜잡고 한바탕 싸움을 했던 것처럼 보인다. "앰한"이라는 말은 '애먼'이라는 말의 시적 변용일 것이고, 전혀 뜻밖에 일의 사태가 꼬여버린 것을 말한다. 이때에 그 싸움의 원인인 '토씨'는 다른 말들과의 문법적 관계를 도와주는 품사가 아니라, 서로간의 싸움의 원인을 제공해주었던 불화의 원인에 지나지 않는다.

  김문성 시인의 '사잇길 시학'의 가장 핵심적인 주제는 '앰한 토씨'이고, 이 '앰한 토씨'가 이방인으로서의 그의 운명을 결정해버린다. 두 개의 호수 중, 하나는 미국적일 수도 있고, 다른 하나는 한국적일 수도 있다. 또한, 두 개의 호수 중, 하나는 그의 자아일 수도 있고, 다른 하나는 그의 또다른 자아일 수도 있다. 미국인은 그에게 "여기는 미국이야. 미국에서 살려면 모든 한국적인 가치관을 버려야 돼"라고 말하고, 한국인은 "미국인과 한국인은 다같은 사람이야. 미국의 가치 못지 않게 한국적 가치도 소중하고, 당신들도 한국적 가치를 인정하지 않으면 안돼"라고 말한다. 하나의 자아는 "너의 자존심 따위는 버려야 해. 자존심 따위를 버리면 모든 일이 다 잘 되게 되어 있어"라고 말하고, 또

다른 자아는 "하늘이 무너져도 나의 자존심은 버릴 수가 없어. 나는 나 자신만의 길을 가야 돼"라고 말한다. 전자의 싸움은 문명과 문화의 충돌이 되고, 후자의 싸움은 자아와 자아의 싸움이 된다. 애먼 토씨는 사소한 문제일 수도 있지만, 이 사소한 문제가 일종의 '나비효과'처럼, 세계적인 사건으로 변모된다. 애먼 토씨 문제는 사소한 문제가 아니고, 세계적인 사건이고, 따라서 두 개의 호수는 영원히 화해할 수 없는 원수 관계를 형성하게 된다.

김문성 시인은 해방 직전 일제 식민시대에 태어났으며, 어린 시절 더없이 비참하고 혹독한 전쟁 체험을 몸소 겪은 바가 있다. "가마니 두 개를 잇댄 넓이로/ 굶주린 피난살이"(「이별은 온기없이 누웠다」)를 한 적도 있었고, 군부독재타도와 민주화운동의 열풍 탓이었든지, 소위 민주화인사가 아니었는데도 "시경 외사과 형사"로부터 "잠재적 범죄자" 취급을 받게 되고, 1984년 그 「더러운 봄」을 뒤로 하고, '아메리칸 드림'을 좇아서, 그토록 사랑하던 조국을 떠나가게 되었던 것이다. 하지만, 그러나 미국은 머나먼 타인들의 땅이고, 그

땅에서 그가 할 일이라고는 "야바위가 바람"을 잡고, "가짜가 진짜인 듯한" 삶을 살거나 "애비 없는 애를 밴 애"(「결핍의 오후」)처럼 "도시의 허기"(「도시의 허기」)를 베고 잠 드는 일일 수밖에 없었던 것이다. 땅이 바뀌고, 냄새가 바뀌고, 말이 바뀌었다. 친구가 바뀌고, 오가는 정도 바뀌고, 바뀔 건 다 바뀌고, 해와 달만이 남았다. 그 결과, 가까스로 가난한 동네에 가게를 열었지만, 그들이 할 수 있는 일이라고는 부부간에 말다툼을 하거나 파리채로 파리를 잡는 것뿐이었다. "비도 오고 눈도 오지만 남산도 없고 한강도 없고", "있어야 할 건 아무 것도 없는 답답한" 일상생활에서는 김 빠진 「푸념」만을 할 수밖에 없었던 것이다. "가발가게의 진열장엔/ 나를 증명할 아랫도리"(「가발가게의 마네킹은 아랫도리가 없다」)도 없고, "가을은/ 너와 나 사이에 공허하고/ 내가/ 노래할 가을"(「가을을 노래하지 마라」)도 없다.

이방인, 즉, 디아스포라의 유전인자는 더욱더 강력하고, 그 뿌리는 모든 사회적 천민의 혈통이 된다. '헛살았다, 헛살았다, 헛살았다'는 이방인의 근본이념이 되고, 이 헛살음의 사잇길에서, 그 진실됨으로 여우비 같은 눈물을 흘린다. 여우비다. 여우비는 아름답고, 여우비는 김문성 시인의 '사잇길 시학'의 백미가 된다.

제 그림자 등에 업힌

구름이

해를 눙치는 잠시

지레 놀란 날씨가

찔끔,

오줌을 지린다

인연없이

지나치는 뜨내기 같이

언뜻,

여우비

그리고 햇살이다

　—「여우비」 전문

　한국인이면서도 미국인이고, 미국인이면서도 한국인인 그, 나이면서도 내가 아니고, 내가 아니면서도 나인 그, 비록, 언제, 어느 때나 세계의 중심에 서서 만인들의 찬양과 찬사를 받고 싶지만, 자기 자신의 뜻과는 정반대로 주변인으로 밀려난 그, 자아와 자아의 싸움을 조정하고, 언제, 어느 때나 이상적인 나로 우뚝서고 싶었지만, 어쩔 수 없이 존재론적 분열 때문에 자아의 정체성을 상실한 그—.

그는 오늘도, 그 어느 누구도 주목하지 않는 외롭고 쓸쓸한 길에서 알베르 카뮈의 이방인처럼, 화가 뭉크처럼, 또는 장 폴 사르트르의 로캉탱처럼 구토를 하며 절규를 하고 있는 것인지도 모른다.

김문성 시인의 '사잇길 시학'은 울음이고, 절규이며, 그 울음과 절규로서 '영원한 애먼 토씨' 문제를 토해내고 있는 것인지도 모른다.

정병호
혀 공화국

녹슨 전지가위와 듬성듬성 빠진 톱니 사다리를 오른다

주목은 수형이 중요하다며 항상 원추형으로 키워야 한다는 아버지 말

푸른피 철철 흐르는 소리

자라는 힘 강해 위로만 위로만 솟구치려는 놈, 잘라내야 해

이런 놈은 주위에 그림자를 만들어 다른 가지들의 광합성을 방해해

병든 놈 해충에 감염된 놈도 문제야 해충은 전염성이 강해 건강한 가지에 나쁜 영향을 주지 우리는 건강하고 잘생긴 것들의 세계거든

밑에서 돋아나거나 아래로 뻗는 놈도 쳐야지 항상 불만을 가지고 있어 어떤 행동을 할지 몰라 이놈들이 우리를 위해 일하는 건 맞지만 수가 많아지면 우리가 만든 규칙과 질서를 파괴하려고 하지
세계는 조화로워야해

안으로 파고드는 놈도 제거해야지 중심은 소수의 세상이지 바깥쪽과 구분되는 고상하고 우아한 그런 곳 외부가 내부로 들어오면 분란을 일으켜 우리의 안락함을 깨지

얽힌 놈들도 솎아 내야지 우리 삶이 관계속에 있다고 하지만 그렇다고 모두와 얽히고설키는 일은 곤란해 수준이라는 것이 있잖아

우리와 같은 방향으로 평행하게 가는 놈들도 손봐야지 우습잖아 애초에 상대도 되지도 않은 것들이 경쟁을 한다고 대드는 꼴이 아! 피곤한 건 딱 질색이야

우리말 잘 듣고 건실하게 잘 사는 놈들도 우리 세계

에 어긋나면 버려야지
　폼이 망가지잖아

　사다리 내려온 그는 피라미드형으로 잘 다듬어진 주
목을 보며 아버지 웃음 짓는다
　잔뜩 인상 쓰고 있던 햇빛이 같잖다는 표정 지으며
구름 속으로 들어간다

최고의 권력자는 절대적인 힘을 좋아하며, 그 어느 누구의 의견이나 말대답을 좋아하지 않는다. 권력은 '무엇, 무엇을 하라', '무엇, 무엇을 하지마라'는 정언명령으로 되어 있으며, 수많은 자원을 배분하고, 또한 그만큼의 타인의 생사여탈권을 움켜쥐게 된다. '짐은 천자天子이고, 짐은 국가이다'라는 말이 그것이며, 최고의 권력자의 자리는 신으로부터 물려받은 것으로 정당화된다. 아니, 전지전능한 신은 이 세상에 존재하지 않고, 이 전지전능한 신마저도 최고의 권력자를 위한 가상의 존재에 지나지 않는다.

　　권력은 앎을 생산하고, 앎은 권력을 생산한다. 정상과 비정상을 규정하는 것도 권력이고, 선과 악을 규정하는 것도 권력이다. 진리와 허위를 규정하는 것도 권력이고, 흑과 백을 규정하는 것도 권력이다. '권력의 정치학'은 전면적인 관리와 통제이며, 사회 전체가 거대한 감옥이 된다. 가족관계기록부, 금융전산망, 건강보험전산망, 학교와 군대의 전산망을 국가가 관리하며, 최고의 권력자는 그의 모든 국민들을 언제, 어느 때나 전면적으로 관리하고 통제를 하게 된다. 지금 도서관에서 이 글을 쓰고 있는 나의 모습도 CCTV와 휴대폰에 의해서 감시되고 있으며, 오늘 아침 산책을 하고, 밥을 먹고, 도서관에 나온 나의 동선動線도 사실 그대로 고스란히 국가권력의 관리와 통제 아래 놓여 있는 것이다. 최고의 권력자는 일방주의의 신봉자이며, 이 일방주의는 거세법과 배제법이라는 양날의 칼날에 의해서 그 힘을 드러내고 있다고 해도 과언이 아니다.

정병호 시인의 「혀 공화국」은 대단히 보기 드물게 역사 철학적인 지식으로 무장되어 있으며, 그는 '권력의 정치학'을 통해서 '아버지 살해'를 감행하고자 한다. 첫 번째는 "자라는 힘 강해 위로만 위로만 솟구치려는 놈"을 잘라내야 한다는 것이고, 두 번째는 "병든 놈 해충에 감염된 놈도" 잘라내야 한다는 것이다. 세 번째는 "밑에서 돋아나거나 아래로 뻗는 놈도" 잘라내야 한다는 것이고, 네 번째는 "안으로 파고드는 놈도 제거해야" 한다는 것이다. 다섯 번째는 "얽히고설키는" 놈들도 잘라내야 한다는 것이고, 여섯 번째는 "우리와 같은 방향으로 평행하게 가는 놈들도 손봐야" 한다는 것이다. 자라는 힘이 강한 놈은 다른 가지들의 광합성을 방해하고, 병든 놈과 해충에 감염된 놈은 전염성이 강하기 때문이다. 밑에서 돋아나거나 아래로 뻗는 놈은 항상 불평과 불만을 가지고 있기 때문이고, 안으로 안으로 파고드는 놈은 소수의 지배원칙에 항거하려는 놈들이기 때문이다. 얽히고설킨 놈들은 자유와 평등과 사랑의 이름으로 권력의 민주화를 외치는 놈들이기 때문이고, "우리와 같은 방향으로 평행하게 가는 놈들도" 마찬가지라고 할 수가 있다.

정병호 시인의 「혀 공화국」은 '권력의 공화국'이며, 이 공화국은 소수자, 즉, 최고의 권력자의 지도 아래 피라미드와도 같은 수직적인 계급구조를 지니고 있지 않으면 안 된다. 권력은 체제가 중요하며, 이 체제는 언제, 어느 때나 피라미드와도 같은 수직적인 계급구조를 지니고 있지 않으면 안 된다. 아버지의 「혀 공화국」의 세계는 규칙과 질서가 중요하고, 건강하고 잘 생긴 인간들(나무들)만이 살아야 하고, 더욱이 "우리말 잘 듣고 건실하게 잘 사는 놈들도 우리 세계에 어긋나면 버려야"만 하는 이상적인 세계이다. 이성은 광기가 되고, 질서는 무질서가 된다. 진리는 허위가 되고, 조화는 불화가 된다. 이상은 환상이 되고, 「혀 공화국」은 푸른 피 철철 흐르는 철권통치의 지옥이 된다.

권력은 모든 명예와 영광이 집중된 자리이며, 권불십년權不十年이라는 말이 있듯이, 언제, 어느 때나 상호간의 피비린내와 대학살극이 일어나는 자리라고 할 수가 있다. 상호간의 배신과 음모, 온갖 아첨과 충성과 권모술수가 자라나며, '만인 대 만인의 투쟁'을 통해서, 권력은 더욱더 그 생명력을 얻게 된다. 권력은 자비롭고 친절할 때도 있지만, 권력은 더없이 싸늘하고 무자비할 때도 있다. 권력자는 늘, 항상 마음놓고 잠 한번 제대로 못자며, 언제, 어느 때나 그 불안과 공포 때문에 안절부절하지 못한다. 이 불안과 공포를 극복하기 위한 것이 거세법과 배제법, 즉, 전면적인 관리체계이며, 그것은 제레미 벤담이 제시한 '판옵티콘 체계'를 띠게 된다. '판옵티콘'이란 가정, 학교, 군대, 병원, 학교 등에서도 만연된 원형감시체계이며, '권력의 정치학'의 가장 핵심적인 관리체계라고 할 수가 있다.

정병호 시인의 「혀 공화국」의 아버지 말은 다 옳고,

최고 권력자의 법칙에 맞닿아 있다. 나무는 나무이고, 나무의 습성과 나무의 생리가 있는 것이지만, 조경사인 아버지의 입맛에 따라 그 모양과 미래의 운명까지도 결정되지 않으면 안 된다. 조화와 중심과 건강한 이상 낙원을 강조하는 아버지의 입에서는 푸른 피가 철철 흐르고 어리석음의 악취가 풍겨나온다. 절대 권력은 절대적으로 부패한다. 왜냐하면 절대 권력은 상대를 인정하지 않고, 절대 다수를 그의 노예로 삼아버리기 때문이다. 국민이 있고, 국가가 있고, 그 다음에 임금이 있다. 때로는 최고의 지식과 임전무퇴의 용기로 무장한 임금까지도 그 유효성이 다하면 시대착오적인 어릿광대가 되어 버린다. 자기 자신의 '혀 공화국'에서 기세등등한 아버지의 웃음을 비웃으며, 잔뜩 인상을 쓰고 구름 속으로 들어가버린 햇빛이 그것을 말해준다.

아들은 아들이고, 아버지는 아버지이다. 정병호 시인의 「혀 공화국」은 '아버지 살해'의 진수이며, 그의 '권력의 정치학'을 통해, 최고의 권력자를 한낱 판단력의 어릿광대로 만들어버린 '희극'이라고 할 수가 있다.

오늘도 「혀 공화국」에서는 푸른 피가 철철 흐르고, 오늘도 「혀 공화국」에서는 붉디 붉은 피가 철철 흐른다.

박해성
앓다

삭신이 욱신 작신, 마냥 아우성입니다

　나의 몸은 창세기부터 통증을 훌륭히 키워내는 대자
대비 숙주입니다. 죄 없는 질병들을 어린양처럼 부양
하느라 고달플 때도 있지만요 그들이 있어 사실 나는
심심할 틈이 없지요. 요즘 들어 양들은 가끔 늑대가 되
기도 하지만 그들을 함부로 때려잡을 수는 없답니다.
늑대를 잡으려면 내 안의 비밀동굴을 파헤쳐야 하는데
요, 나는 발해로 통하는 유일한 통로이므로 헤프게 열
리고 싶은 생각이 없기 때문이죠. 항복 대신 마지못해
협상을 선택하고 알약을 삼킵니다. 이렇게 삼킨 것들
을 다 모으면 아마 내 몸무게쯤 되지 않을까 갸웃갸웃,
알약들이 꿀렁거리는 가죽부대가 걸어갑니다. 있는 듯
없는 듯이 발해는 감감하고 자칫 낡은 부대자루가 터
질까 내심 조마조마한데

오늘은 날이 흐려서 아무 생각 않을래요.*

*『조주록』하권에서 차용.

우리 시인들은 대부분이 시적인 것은 따로 있다고 생각한다. 시적인 것은 따로 없고, 오직 시적인 것은 자기 자신의 삶 속에 있다. 나는 누구이며, 나는 왜 살고 있으며, 나의 간절한 소망은 무엇인가를 생각하고 그것에 대한 글을 쓰면 될 터인데, 대부분의 시인들은 그것을 쓰지 못한다. 책을 읽고, 반성하고, 성찰하며, 자기 자신을 돌보지 않기 때문에 그들의 글은 공허한 관념과 상투적인 허위의식으로 가득 차 있게 된다. 나는 누구이며, 나는 왜 살고 있으며, 나의 간절한 소망은 무엇인가라는 주제는 가장 절실한 주제이면서도 전생애를 다 바쳐서 탐구해도 그 해답을 내놓기가 어려운 문제이다. 이 주제와 이 화두를 추구하는 과정에는 생살을 후벼 파는 듯한 아픔과 고통이 따르고, 이 아픔과 이 고통의 내용을 쓸 때, 그의 시는 만인들의 심금을 울리게 된다. 정직함과 성실함에도 고통이 따르고, 그 진실을 추구하는 과정에도 고통이 따르고, 나를 나로서 존재할 수 있게 하는 모든 행위들에도 고통이 따른다. 벼와 고추와 사과나무와 감나무와 참새와 노루와 까치와 그 모든 것들의 삶 자체가 고통이듯이, 이 고통을 쓸 때만이 시는 아름다워지고, 그 생명력을 얻게 된다. 우리 시인들의 시에 고통이 없다는 것은 그가 사유하지 않고 반성하지 않으며, 자기가 자기 자신마저도 속이는 가짜의 삶을 살고 있다는 것에 지나지 않는다. 고통은 만병통치약이자 성장촉진제이다. 모든 위대함의 기원은 고통이며, 고통받지 않는 자는 시인의 월계관을 쓸 수가 없다.

박해성 시인의 「앓다」는 현실주의의 승리이자 상징주의의 승리이고, 상징주의의 승리이자 낭만주의의 승리이다. 왜냐하면 '앓다'는 현실이고, 발해는 이상낙원이며, 이 발해를 찾아가는 과정은 낭만적이기 때문이다.

나는 창세기부터―태어날 때부터―통증을 키워내는 대자대비의 숙주이고, 죄없는 질병들을 어린양처럼 부양하는 어머니이다. 나는 통증을 키워내고 어린양을 부양하느라, 날이면 날마다 삭신이 욱신 작신 마냥 쑤

셔대지만, 그러나 나는 나의 통증과 질병들을 키워내
느라 심심할 틈이 없다. 나는 창세기부터 통증이 있어
즐겁고, 죄없는 질병들을 키워내느라고 즐거운 것이
다. 산다는 것은 통증이고, 질병이며, 이 통증과 질병
이 있기 때문에 '발해'라는 이상낙원을 찾아갈 수가 있
다. 통증과 질병은 건강하다는 증거이며, 이 통증과 질
병이 없다면 그것은 이미 나의 삶이 끝장이 났다는 것
을 뜻한다. 통증과 질병들은 가끔가다가 나를 잡아먹
을 듯한 늑대가 되기도 하지만, 그러나 나는 이 늑대들
을 함부로 때려잡을 수가 없다. 통증과 질병들이 나를
잡아먹을 듯이 날뛰는 것은 우리의 아이들이 크고 작
은 사건들을 수없이 일으키며 성장해나가는 것과도 같
다. 우리의 아이들이 크고 작은 사건들을 수없이 일으
킬 때마다 그 사건들을 묵묵히 다 수습해내며, 우리의
아이들을 훌륭하게 키워내야 하듯이, 통증과 질병들은
발해로 함께 데리고 가야 할 아이들에 지나지 않는다.
통증과 질병, 즉, 늑대는 야성이며, 건강함이며, 모든
위대함의 징후이다. 어서 빨리 늑대를 잡아야 한다는
수많은 원성들을 물리치고, 나는 그 대신 비책묘계로
서 약을 먹는다. 이때의 약은 이 통증과 질병들을 다스

릴 수 있는 지혜라고 할 수가 있고, "이렇게 삼킨 것들을 다 모으면 아마 내 몸무게쯤 되지 않을까 갸웃갸웃, 알약들이 꿀렁거리는 가죽부대가 걸어갑니다"라는 시구는 그 통증과 질병들을 다스리기 위한 고통의 총체를 뜻하고, "있는 듯 없는 듯이 발해는 감감하고 자칫 낡은 부대자루가 터질까 내심 조마조마"하다는 것은 '발해'로 가기 위한 그 어렵고 힘든 노정路程을 말한다.

고귀하고 위대한 것은 어렵고 힘들고, 비천하고 천박한 것은 쉽고 간단하다. 어렵고 힘든 것은 고통을 수반하고, 쉽고 간단한 것은 쾌락을 가져다가 준다. 고통은 나쁜 것이고, 쾌락은 좋은 것이다. 하지만, 그러나 고통 끝에는 쾌락이 따르고, 쾌락 끝에는 고통이 따른다. 발해, 발해―, 옛 고구려의 후손들이 대륙에다 세운 영원한 제국―, 박해성 시인의 이 '영원한 제국의 꿈'이 그를 이처럼 앓게 하고 있는 것이다. 질병과 생명은 하나이듯이, 이 질병을 잃으면 나의 생명도 죽은 것이다. 꿈과 생명이 하나이듯이, '발해'라는 '영원한 제국의 꿈'을 포기하는 것도 죽은 것이나 마찬가지이다. 꿈은 아픔이고, 질병이며, 꿈은 나의 생명과도 같다. 아픔과 질병은 모든 천재적인 힘의 어머니이며, 이 천재적인 힘이 우리 한국인들의 기상이 되고, 궁극적으로는 영원한 제국인 '발해'를 건설해낼 수가 있는 것이다.

나는 통증과 질병을 통해서 '영원한 제국인 발해'를 찾아간다는 것, 이 통증과 질병들이 늑대처럼 날뛰어도 이 통증과 질병들을 함부로 때려잡을 수는 없다는 것, 이것이 박해성 시인의 고귀하고 위대한 영웅정신이라고 할 수가 있는 것이다. 안다는 것은 새로운 것이고, 새로운 것은 가장 아름답고 참신한 시구들을 낳게 된다. 박해성 시인의 「앓다」는 그만큼 새롭고 참신하며, 충격적인데, 왜냐하면 모든 가치들의 전복을 의미하기 때문이다. 아픔도 좋은 것이고, 질병도 좋은 것이고, 야성의 늑대도 좋은 것이다.

진정한 시인은 수많은 사람들이 수없이 말하고 의견일치를 보았다고 하더라도 그것을 다르게 생각하고, 이 다름을 새로운 문장 속에 새로운 언어로 써넣을 수 있는 사람이지 않으면 안 된다. 그는 모든 가치들을 전복시킨 독창적인 명명자이며, 언어의 기원을 소유한 창조자이며, 영원한 월계관을 쓴 시인이 되지 않으면 안 된다. 아픔과 질병과 수많은 늑대들을 데리고 그들

과 함께 살며, 수없이 죽었다가 그때마다 되풀이 살아
나지 않으면 안 된다.

　박해성 시인은 아픔의 어머니이자 질병의 어머니이
고, 이 야성의 늑대들을 거느리고 '발해'라는 영원한 제
국을 건설해낸 최초의 시인이라고 할 수가 있다.

박해성

심금心琴

심금은 악기입니다. 당신도 연주할 수 있는

가야금이나 바이올린보다 훨씬 오래 된 악기, 악보
가 필요 없는, 인류 보편적인, 배우거나 가르칠 이유가
없는, 마두금 첼로보다 그 울림 더 절절해 피아니시모
흐느낌이 발해까지 다 적시는, 심금을 뜯다가 줄이 끊
어져 막絃 내린 사람을 압니다. 이는 이제도 있고 전에
도 있었고 장차에도 있을지니*

눈 감고 현絃을 퉁기면 꽃몸살이 도진다는,

* 요한계시록 1:8 차용.

박해성 시인의 「심금心琴」은 마음의 악기이며, 우리는 누구나 마음의 악기를 연주하면서 살아간다. 가야금이나 바이올린보다도 훨씬 더 오래되었고, 어느 누구도 배우거나 가르칠 이유도 없다. 마음의 악기는 악보도 필요없고, 어느 누구도 예외일 수 없는 인류의 보편적인 악기이다.

하지만, 그러나 가야금, 바이올린, 마두금, 첼로의 곡조는 알아도 제 마음의 곡조는 모른다는 말도 있다. 이것과 저것의 경계도 모호하고, 선과 악의 경계도 모호하다. '사느냐, 죽느냐'의 문제도 모호하고, 어떻게 해야 자기 자신의 마음의 악기를 잘 연주하고 오점없는 인생을 노래할 수 있는지도 알 수가 없다.

아름다움도 환영이고, 완전함도 환영이며, 조화로움도 환영이다.

가야금, 바이올린, 마두금, 첼로보다 "그 울림이 더

절절해 피아니시모 흐느낌이 발해까지 다 적시는"「심금心琴」이여! 심금을 뜯고, 또 "뜯다가 줄이 끊어져 인생의 막幕"을 내린 사람들이여! 오오, "눈 감고 현絃을 튕기면 꽃몸살이 도진다는"「심금心琴」이여!

박해성 시인의 '꽃몸살'은 마음의 악기의 절정이며, 이 세상의 삶의 찬가라고 할 수가 있다. 젖과 꿀이 없어도 달콤하고, 비단금침이 없어도 만고풍상을 벗삼아 저절로 잠이 온다. 멋진 고통, 우아한 고통, 생살이 찢어지고 모든 뼈마디가 잘려나가는 듯한 고통이 살아 움직이고, 더없이 견딜 수 없는 외로움과 슬픔이 살아 움직여도 영원한 제국인 '발해'에 대한 그리움은 더욱더 간절해진다.

우리 한국인들의 영원한 조국인 발해, 약소국의 한을 극복하고 우리 한국어와 우리 한국어에 깃든 민족정신으로 그 모든 것을 명명하고 다스릴 수 있는 발해, 나는 우리 한국인들을 영원한 제국인 발해의 신민으로 인도하겠다는 여장부의 꿈이 그 꽃몸살 속에는 담겨 있는 것이다.

박해성 시인의「심금心琴」은 꽃몸살이고, 꽃몸살은 세계의 열림이고, 세계로의 초대이다. 아름다움, 완전함,

조화, 영원한 제국에 대한 꿈이 우리를 이처럼 어렵고 힘들게 하지만, 그러나 그 영원한 제국에 대한 꿈이 우리를 또한 이처럼 살아가게 하는 힘이 든다.

너와 내가 손에 손을 잡고 노래를 부르며, 춤을 춘다. 새들도 노래를 부르고, 사슴도 군무를 추고, 토끼가 호랑이 등에서 깡충깡충 뛰어논다.

혈통도 필요없고, 학연도 필요 없다. 나이도 필요없고, 귀천도 필요없다. 너와 나는 '우리'로서 하나가 되고, 영원한 제국인 발해의 신민이 된다.

오오, 발해여, 발해여!

언제, 어느 때나 꽃몸살을 앓게 하는 박해성 시인의 마음의 악기여!

이춘하
단오 무렵의 지리산

묻지 마라
어딜 갔었냐고

단오 무렵의, 누에똥같은 지리산
산빛이 좋아

넉잠 자고 나서 나도
나비 될래!

이춘하 시인의 「단오 무렵의 지리산」은 반어법의 극
치이며, 이 반어법에 의하여 우화등선羽化登仙의 나비가
된다. "묻지 마라/ 어딜 갔었냐고"는 정언명령(금지명
령)이지만, 그러나 이 정언명령이 오히려, 거꾸로 수
많은 독자들의 강렬한 호기심을 자극하게 된다. 아름
다운 여인과 결혼을 약속했으면서도 아무런 사이도 아
니라고 시치미를 떼는 것과도 같고, 선출직의 당선이
나 사법고시의 합격의 기쁨을 감추지 못하면서도 시치
미를 떼는 것과도 같다. "묻지 마라/ 어딜 갔었냐고"라
는 시구에는 지리산에 갔었다는 기쁨과 그것을 숨길 수
없는 기쁨이 우화등선의 기쁨으로 배어 있는 것이다.

　　누에는 약 4주 동안 네 번 자며, 이 넉잠 끝에 입에
서 실을 토하며 고치를 만든다. 이 고치는 약 1.5km
의 명주실이 되고, 이 명주실은 최고급의 비단의 원료
가 된다.

하지만, 그러나 이춘하 시인은 최고급 비단에는 관심이 없고, 오직 넉잠 자고 나비가 되어 훨훨 날아다니고 싶다고 말한다. 단오 무렵의 지리산은 누에똥같고, 아니, 단오 무렵의 지리산은 '산빛이 좋아" 넉잠 자고 있는 누에와도 같다.

지리산도 푸르디 푸른 산을 베고 자는 누에가 되고, 시인도 푸르디 푸른 산을 베고 자는 누에가 된다. 드디어, 마침내 지리산과 시인이 우화등선의 나비가 되어, 푸르디 푸른 단오 무렵의 산천을 훨훨훨 날아다닌다.

아아, 나비, 나비—, 이 세상에서 가장 아름다운 나비들이여!!

강달수　조영심

최혜옥　문태준

윤지양　이순희

도종환　송찬호

양선희　장옥관

이영광　최덕순

사디　　최승호

강달수
황혼

함께할 수 있는 사람이 있다면
인생의 황혼은
부산 다대포 노을보다 아름답고
지리산 피아골 단풍보다 더 곱다

마리 퀴리는 최초로 '라듐'을 발견하고 그 어떠한 특허권도 행사를 하지 않았고, 제1차 세계대전이 일어나자 'X선 촬영기'로 수많은 부상병들을 치료하고, 그 결과, 방사능에 오염되어 죽어갔다. 알프레드 노벨은 '다이나마이트'로 세계적인 갑부가 되었지만, 자기 자신이 개발한 폭발물이 무기로 사용되는 것에 양심의 가책을 느끼고, 그 결과, 전재산을 털어 '노벨상'을 제정했다. 마리 퀴리는 그녀의 남편인 피에르 퀴리가 먼저 죽었고, 알프레드 노벨은 아예 결혼을 하지 않았지만, 그러나 그들은 모두가 다같이 그들의 황혼이 이 세상에서 가장 아름다운 사람들이었다.

　　마리 퀴리와 알프레드 노벨의 짝은 인간이었고, 이 인간에 대한 사랑이 있었기 때문에, 그 위대한 업적을 이루고도 그 모든 것을 다 헌납할 수가 있었던 것이다. 나는 내가 아니고 인간이고, 나는 늘 인간들과 함께 살아간다. 사랑은 외롭지 않고, 사랑은 활짝 꽃 핀다. 부부는 남녀가 만나 하나가 되는 것이고, 이 하나됨은 물리학에서의 음(-)과 양(+)처럼 무無가 되는 것이다. 사랑은 부부이고, 사랑은 짝이고, 사랑은 너와 내가 하나됨이고, 사랑은 너와 내가 하나됨으로써 무로 돌아가는 것이다.

로미오를 따라 죽어갔던 줄리에트, 에우리디케를 구원하기 위하여 저승으로 갔던 오르페우스, 시어머니인 비너스의 온갖 학대에도 불구하고 사랑하는 큐피트와 함께 올림프스에서 살게 되었던 프시케, 인류의 역사상 가장 위대한 '사상과 이론'을 선사하고 죽어갔던 수많은 천재들—, 그들의 생애는 모두가 다같이 불운했지만, 그러나 그들의 황혼은 더없이 아름답고 거룩했다고 하지 않을 수가 없다.

이 세상의 돈과 명예와 권력은 타인들의 희생 위에 세워진 부채이며, 부자로서 죽는 것은 죄를 짓는 것이다. 탄생은 죽음의 결과이고, 죽음은 탄생의 결과이다. 죽음은 채무의 상환이며, 그 모든 것을 다 갚고 떠나가지 않으면 안 된다.

황혼은 불이며, 황혼은 에너지의 대방출이다. 황혼

은 활활 타오르는 불꽃이며, 황혼은 자기 자신의 흔적을 지우는 제의적 절차, 즉, 죽음의 입문의식이다. 네가 음이라면 나는 양이고, 네가 여자라면 나는 남자이다. 네가 불이라면 나는 물이고, 네가 물이라면 나는 불이다. 노년의 삶을 보면, 아니, 그 사람의 죽음을 보면 그가 행복했는지, 불행했는지 알 수가 있다. 황혼은 음과 양이 만나 '무'로 돌아가는 삶의 절정이며, 이 황혼이 아름다운 것은 이 세상에 대한 부채의 상환이기 때문이다.

나는 우리이고, 우리는 모두 함께 살고, 함께 죽는다. 부산의 다대포 노을보다 아름답고, 지리산 피아골의 단풍보다 더 고와야 할 까닭이 여기에 있는 것이다.

제일급의 대가는 황혼이 아름답고 '끝맺는 법'을 알고 있다.

강달수 시인의 「황혼」이 더욱더 아름답기를 빌고, 또, 빌어본다.

조영심
오지의 여자

하늘 말고는 모두 오지겠지,
오지에서 오지게 살아가는 저 여자에겐
아니,
하늘과 땅을 제 섬에 한껏 들여놓고
비바람 야금야금 거름 치는 저 여자에겐
하늘마저 그렇겠지, 나처럼
나는 절대 아냐, 믿고 사는 그대처럼

제 둥지 밀어낸 사내 대신
밤낮 허리 못 펴고 살아온 인간
남일 마다 않고 발 벗고 나서는 상일꾼
남의 젖은 이야기에 제 설움 섞는 사람
말 못 하는 짐승 밥 먼저 챙기고
무릎으로 기꺼이 제 허물 헤아리는
허벅지 유난히 탄탄한 여자

제 섬 밖으로 나간 적 없는
살 날 받아 놓아 살짝 눈꼬리 흔들렸지만

아직도 뜨겁고 뜨거운 여자
오지게 오지에 사는 그 여자

📖

 알렉산더 대왕은 '나는 승리를 훔치지 않는다'라는 말을 남겼고, 나폴레옹은 '불가능은 없다'라는 말을 남겼다. 잔 다르크는 '나는 프랑스를 구원하기 위해 태어났다'라는 말을 남겼고, 세종대왕은 '백성을 바르게 가르치는 소리' 즉, 한글을 창제해냈다. 아름다움도 우연이 아니고, 위대함도 우연이 아니며, 인간의 행복도 우연이 아니다. 아름다운 인간, 위대한 인간, 행복한 인간들의 한 마디 말 속에는 그의 인생 전체의 역사가 담겨 있고, 그 역사 속에는 만인들의 반대방향에서, 오직 자기 자신의 삶을 살아온 그의 집념이 담겨 있다고 할 수가 있다.

 오지奧地는 대부분의 사람들이 살 수 없는 최악의 생존조건에 해당되지만, 그러나 이 최악의 생존조건이 '불가능은 없다'라는 최상의 생존조건으로 변모를 하게 된다. 왜냐하면 자기 자신의 단 하나뿐인 목숨을 걸고

이 불모지대를 기필코 지상낙원으로 건설하겠다는 집념으로 무장한 사람에게는 오지는 더 이상의 오지가 아니기 때문이다. 하늘 말고는 오지가 아닌 곳이 없지만, 그러나 이 오지에서 "제 둥지 밀어낸 사내 대신" "밤낮 허리 못 펴고 살아온"「오지의 여자」에게는 이제는 하늘마저도 오지가 된다. 따지고 보면 "하늘 말고는 모두 오지겠지"라는 말은 모두가 똑같은 처지에서 살고 있다는 긍정의 말이 되고, 한 걸음 더 나아가, 하늘마저도 오지겠지라는 말은 이 세상의 삶의 찬가가 된다. 이 무한한 긍정과 찬양 속에서, "남일 마다 않고 발 벗고 나서는 상일꾼"이 되고, 또한, 이 무한한 긍정과 찬양 속에서 " 말 못 하는 짐승 밥 먼저 챙기고" "남의 젖은 이야기에 제 설움 섞는" 한풀이를 하게 된다.

  하늘과 땅을 제 섬에 한껏 들여놓고, 그 어떤 어렵고 힘든 일마저도 다 해낼 수 있는 「오지의 여자」는 그러나 보통 평범한 여자가 아니다. 고통은 그의 병사가 되고, 죽음의 신은 그의 호위병사가 되고, 미래의 희망은 그의 왕홀王笏이 된다. 하늘과 땅을 들여놓은 그 섬, 그 오지는 그의 왕국이 되고, "허벅지 유난히 탄탄한 여자"는 오늘도 그의 왕국을 바라보며, "자, 우리 모두

가장 멋지게 살다가 가는 거요"라고 이 세상의 삶의 찬가를 부르고 있는 것인지도 모른다.

아직도 뜨겁고 뜨거운 여자
오지게 오지에 사는 그 여자

아름다움도 가장 뛰어난 것을 말하고, 위대함도 가장 뛰어난 것을 말하며, 행복도 가장 뛰어난 것을 말한다. 하나를 보면 모든 것을 다 알 수가 있다. 삼천리 금수강산에 쓰레기가 하나도 없으면 대한민국은 이 세상에서 가장 아름다운 나라가 될 것이고, 이 세상의 오지, 즉, 최악의 생존조건—자기 자신의 일터—속에서도 후회없이 살고 있다면 그는 이 세상에서 가장 아름다운 삶을 사는 인간이 될 것이다.

조영심 시인은 허벅지 유난히 탄탄한 여자이고, 세종대왕의 자랑스러운 후예이다.

조영심 시인은 "나는 오지의 여자이고, 오지는 나의 천국이다"라는 말을 남겼다.

우리는 모두가 다같이 아름다운 삶과 위대한 삶과 행복한 삶의 주인공이 될 수가 있는 것이다.

최혜옥

가을 한 권

저문다는 것은 가벼워지는 것
잎잎이 새겨진 최후의 열정은 붉은빛이다

물기 한 점 없는
노을을 표절한 문장이 이토록 뜨거운가

사족을 지우는 나무들
같은 무늬로 집단 투신하는
저 몸짓은 사선 또는 곡선이다

몸으로 쓰는 곡진한 사연
읽기도 전에 받침이 빠지고 탈자가 늘어난다
바람이 불때마다 뚝뚝 문맥이 끊어진다

나무의 변심을 의심치 않고,

고요히 더 고요히
가벼이 더 가벼이

퇴고 중인 가을 한 권
붉은 유서가 기록되는 허공이 어지럽다

아침 해가 떠오르고, 저녁 해가 진다. 저문다는 것은 가벼워진다는 것이고, 가벼워진다는 것은 에너지의 양이 다 줄어간다는 것이다. 아침 해가 떠오를 때는 활활 타오르지만, 저녁 해가 질 때는 순간적으로 서산의 하늘을 붉게 물들여 놓고는 사라져 간다.

잎잎이 새겨진 최후의 열정은 붉은 빛이고, 물기 한 점 없는 노을(단풍)은 뜨겁게 타오른다. 돈도 무거운 짐이고, 명예도 무거운 짐이고, 권력도 무거운 짐이다. 모든 사족蛇足들과 모든 무거운 짐들을 다 태워버리고, "고요히 더 고요히/ 가벼이 더 가벼이" 떠나가지 않으면 안 된다.

최혜옥 시인은 「가을 한 권」은 이 세상에서 가장 아름답고 멋진 '붉은 유서'라고 할 수가 있다.

나는 건강하고 아름다운 얼굴로 '천국잔치'를 아주

조촐하지만 근사하게 열고 싶다. 아담한 중급호텔을 예약하고 나와 함께 가깝게 지냈던 친구들과 지인들을 초대하여 시도 낭송하고 노래도 부르며, 이 세상의 작별 인사를 하고 싶다.

산해진미와 진수성찬은 아니지만, 맛있는 음식과 함께 술도 마음껏 대접하고, 어느날 노자처럼 물소를 타고 떠나거나 엠페도클레스처럼 에트나 화산에 몸을 던지고 싶다.

'퇴고 중인 가을 한 권'이 완성되면, 나도 이 세상에서 가장 아름답고 멋진 죽음을 죽고 싶은 것이다.

더럽고 추하지 않게, 비록, 사인史人이 아닌 야인野人의 처지이기는 하지만, 대한민국의 번영과 행운을 기원하면서 이 세상에서 가장 아름답고 멋진 철학예술가의 죽음을 죽고 싶은 것이다.

문태준
얼마나 익었나

할머니는 막 딴 모과에 코를 대보고
아주 잘 익었다, 한다

할머니는 내 머리꼭지에 코를 대보고
아직 멀었다, 하곤 꿀밤을 먹인다

나는 우리 대통령을 볼 때마다 거듭 놀란다. 더없이 어질고 온화한 성품의 대통령이 왜, 천재생산의 교수법, 즉, 선진교육제도는 전혀 모를까? 왜, 기초생활질서는 하나도 안 지키고 전 국토가 쓰레기 천국이라는 사실을 모를까? 왜, 대한민국의 법조인 출신이면서도 사면권 남용이 사법질서를 초토화시키는 대역죄라는 사실을 모를까? 왜, '표절이 출세의 보증수표'가 되고, '뇌물이 국가성장의 원동력'이 되는 '망국병'에 대한 청산 의지가 전혀 없으며, 왜, 대한민국을 세월호처럼 침몰시키고 있는 것일까?

나는 우리 대통령에게 '꿀밤'을 한 대 먹이고, 독일의 유치원으로 유학을 보내고 싶다.

참으로 더없이 어리석고 아무 짝에도 쓸모가 없는 대통령이다.

언젠가 미래는 나의 천국이 될 것이다. 나는 나의 '낙천주의 사상'으로 우리 한국인들을 구원하고, 단군보다도, 세종대왕보다도, 이순신보다도, 더 고귀하고 위대한 대한민국의 건국시조가 될 것이다.

낙천주의는 나의 사상적 무기이고, 원자폭탄은 나의 군사적 무기이다.

나는 한반도에 오늘도, 내일도 원자폭탄을 투하할 것이다.

이 세상에서 가장 아름답고 훌륭한 낙천주의의 공화국, 즉, 영원한 제국을 건설하기 위하여!!

윤지양
언덕에 앞서

서로의 동굴 속에서 사랑했던 사람들이 아이를 낳았다. 그게 나다. 빌어먹을 고통 하나가 태어나버렸다.

짖는 것들의 풀숲
찌르기 위해 돌멩이가 자란다.

자신의 잎은 혹은 입게 되는 삶은 남에게 무기가 되고 나는 태어나자마자 인질이다. 자루를 잡은 적도 없는데 운명이 찔러댔다.

이 짐승 같은 놈아 너는 법이란 것을 배워라.

우리는 도끼로 손질하는 법을 배웠다.
양념 하는 법 굽는 법 찢는 법 먹는 법

배가 고플 때면 누군가를 찢어 먹어요.

동굴에 종이들이 쌓여있다. 나는 종이를 찢어 먹어
요.

누군가에게 동굴은 숨기 좋은 장소다.

나는 돌도끼를 들고 그를 따라갑니다.

윤지양 시인의 「언덕에 앞서」는 현실과 환상이 교차하고, 사랑과 증오가 교차하는 가운데, 이 세상의 삶 자체가 '투쟁'이라는 사실을 역설하고 있다고 해도 과언이 아니다.

"서로의 동굴 속에서 사랑했던 사람들이 아이를 낳았다. 그게 나다. 빌어먹을 고통 하나가 태어나버렸다."

서로의 동굴이 사랑의 집이 되고, 이 사랑의 집은 서로간의 성기가 된다. 사랑의 집과 사랑의 성기 속에서 아이가 태어났지만, 그러나 그들의 사랑과 임신과 출산 자체가 축복을 받지 못했기 때문에, 그 아이는 '빌어먹을 고통'이 되었다. 먹고 사는 것도 고통이고, 공부를 하고 예의범절을 익히는 것도 고통이고, 누군가를 향해 짖어야 하는 것도 고통이다.

인간이 인간에게 늑대가 되고, 이 세상의 근본법칙은 약육강식으로 되어 있다. 나는 태어나면서부터 인질이 되었고, 도끼를 잡아 본 적도 없지만, 그러나 도끼를 잡는 법을 배우지 않으면 안 되었다. "이 짐승 같은 놈아 너는 법이란 것을 배워라"라는 시구와 "우리는 도끼로 손질하는 법을 배웠다/ 양념 하는 법 굽는 법 찢는 법 먹는 법"이라는 시구가 그것을 말해준다.

배가 고플 때는 누군가를 찢어 먹어야 한다. 아니다. 배가 고플 때는 누군가를 도끼로 때려 잡고 도끼로 찍어 먹지 않으면 안 된다.

우리는 도끼로 사냥을 하고, 우리는 도끼로 양념을 하고, 우리는 도끼로 식사를 한다. 도끼는 입이고, 도끼는 위장이고, 도끼는 유일무이한 생계수단이다. 도끼는 사랑이고, 도끼는 우정이고, 도끼는 배신이다.

도끼는 철학이 되고, 도끼는 종교가 된다. 철학은 도끼의 사상적 토대가 되고, 종교는 도끼의 물질적 토대가 된다.

윤지양 시인의 「언덕에 앞서」는 삶보다 앞서이고, 이 삶보다 앞서는 도끼를 들고, 도끼에 의지하여 살아가라는 뜻이 된다.

우리 한국인들은 수천 년 이래 전쟁의 승리를 맛보지 못했고, 이것이 노예국가로 전락한 근본원인이 된다. 낚시, 모험, 등산, 이종격투기 등과 마찬가지로 전쟁은 삶의 활력 그 자체이며, 그 어떤 제국도 이 전쟁을 사랑하지 않은 적은 없다.

미국, 일본, 중국, 러시아를 정복한다는 것보다 더 기쁘고 즐거운 일이 어디에 있단 말인가?

이 세상에서 가장 어리석고 우매한 한국인들아!

공부를 한다는 것은 전쟁을 한다는 것이다.

군사적이든, 문화적이든, 경제적이든, 또는 종교적이든지간에—.

윤지양

카프카, 책을 사랑한 물고기

비릿한 추억이다 나의 선생은 생선
가시만을 발라 나에게 주었다
바다 냄새는 더 이상 맡고 싶지 않아
살을 뺄고 떠났다

육지에 나무들이 울창하다 그 많은 나무들 중 어떤
나무 아래 묻는다 해도 그 누구도 알아채지 못할 것이
다 선생이 남긴 가시를 한 나무 아래 묻었다

그 누구도 모르는 선생 그 누구도 모르는 생선의 무
덤 때때로 제사를 지내러 온다 추억컨대 그는 퍽 쩨쩨
하다 못해 짠 맛이 났다

사람을 피해 매번 기억에 물을 주지 않으면 안 되
었다

이 장을 떠나면

앞으로 누가 나무에 물을 줄까

나의 유언은 도끼다

대통령(선생)은 생선이 되었고, 생선은 대통령이 되었다. 대통령은 가시만 발라주고, 대통령은 쩨쩨하다. 대통령은 쩨쩨하다 못해 부패했고, 이 부패한 대통령은 오늘도 태평성대의 잔치판을 벌인다.

우리 대통령의 주변에는 온통 전과자들 뿐이며, 그것도 아주 죄질이 나쁜 전과자들 뿐이다. 병역기피자와 부동산투기업자가 국가와 민족을 위하여 심사숙고를 하고, 방산비리업자와 표절학자가 사랑과 평화를 위하여 심사숙고를 한다. 이중 국적자와 탈세자가 선린외교와 외화밀반출을 위하여 심사숙고를 하고, 돌대가리 선량들과 혈세의 낭비자들이 법률의 준수와 국회를 위하여 심사숙고를 한다. 이재용과 김승연이 부의 대물림과 재벌의 특권을 위하여 심사숙고를 하고, 조현아와 최태원이 재벌의 갑질과 이혼을 위하여 심사숙고를 한다.

오늘도 청와대에는 전과자와 전과자들이 모여서 '애국—애족의 국무회의'를 하고, 오늘도 청와대에는 '범죄인 천국'을 연출해내기 위하여, 모든 모범시민들의 뼈와 살을 다 발라먹는다. 오늘의 최고급 요리는 '특별사면'이고, 오늘의 건배사는 '전지전능한 부패를 위하여'이다.

건배, 건배!!

오오, 전지전능한 부패의 신이여!!

나의 유언은 도끼다.

나는 이 도끼로 대역죄인이자 민족의 반역자인 '부패일당'을 다 때려죽일 것이다.

대학교수와 성직자가 많은 나라는 반드시 부패하게 되어 있고, 그 나라와 민족은 끊임없이 몰락과 쇠퇴의 길을 가게 되어 있다. 대학교수와 성직자가 밥을 사거나 술을 사는 것을 보았는가? 그들이 가진 것은 입에 발린 말뿐이며, 무한한 특권의식으로 사사건건 타인들을 이용하고, 그 어떠한 싸움도 자존심과 명예를 건 비타협적인 싸움으로 변질시킨다. 대한민국은 고소왕국이고, 우리 학자들과 우리 성직자들은 이 고소왕국의 주연 배우들이다. 우리 학자들과 우리 성직자들은 지옥을 예약해둔 개자식들이자 악마의 후손들일 뿐이다.

공공의 비판이 마비된 사회는 죽은 사회이며, 미래의 희망이 없는 사회이다. 비판이란 일진일퇴를 거듭하는 스포츠처럼 그 사회를 살아 움직이게 하는 힘이며, 모든 개성과 독창성의 아버지이다.

비판은 모든 학문의 예비학이며, 사상과 이론의 근본토대가 된다.

이순희

쇼핑 중독

강남에 좀 있다 하는 사람들 중엔
피도 세척해서 사용한단다
피를 뽑아서 불순물을 제거하고서
다시 몸속에 집어넣는다고 한다

늙지도 병들지도 않고
젊게 살고 싶은 것은 본능의 부추김

이대로라면 머지않아
인공장기 쇼핑몰이 생겨날지 모를 일이다
신약 개발은 구식이 되고
병들고 낡은 장기를
새것으로 갈아 치우는 일이 허다할 것이다

어느 기관에서 가상으로

인공장기 쇼핑몰을 열었다고 한다
인체의 전체 장기를 인공장기로 갈아 끼우는 데
8억 3천만 원이 든다고 했다

순간 내 눈도 빛이 났다
그 쇼핑몰의 고객이 될 거라는 확신으로

심 봉사가 앞뒤 안 가리고
공양미 삼백 석에 딸 팔아먹듯
무조건이다 본능적이다

헌데 인공장기에 담긴 정신은 제정신일까

지난 20세기 초만 해도 지구상의 인구는 20억 정도
였지만, 오늘날의 인구는 70억을 넘어섰고, 불과 100
여 년 만에 50억 이상의 인구 숫자가 늘어나게 된 것이
다. 이처럼 인구의 폭발적인 증가에는 식량자원의 확
보와 생명공학의 발전, 그리고 이제는 그 옛날의 역사
속으로 사라져간 전쟁 때문이라고 할 수가 있겠지만,
그러나 이제는 인류의 역사상 전무후무한 '고령화라는
재앙'이 나타났다고 하지 않을 수가 없다. 그 옛날에는
장수가 미덕이었지만, 오늘날에는 장수가 악덕이 되었
다. 오래 산다는 것은 이미 이 세상을 다 살아버린 산송
장들이 그 모든 부와 천연자원을 다 고갈시킨다는 것을
뜻하고, 오래 산다는 것은 '부자유친의 관계'는 물론,
그 모든 인간 관계를 다 파괴시킨다는 것을 뜻한다. 어
느 아들도, 어느 딸들도, 어느 손자와 손녀의 친구들도
80세, 90세, 100세의 산송장들을 모시고 싶어하지 않

으며, 오히려, 거꾸로, 이 불구대천의 원수와도 같은 '인연의 끈'을 끊어버리고 싶어 한다.

호랑이와 곰에게 최신식 자동소총을 들려주면 무조건 종의 균형의 차원에서 5~60억 명의 인간들을 쏴죽일 것이고, 만일, 인간이라는 탈을 쓴 도살자와 포식자와 생태교란자들이 어느 날 갑자기 모조리 사라져준다면, 전세계의 동식물들이 수천 년 동안 최고급의 잔치축제를 열게 될 것이다. 이제 모든 탐욕을 버리고 제정신을 차릴 때도 되었고, 이제 흥분을 멈추고 이성을 회복할 때도 되었다. 오래 산다는 것은 최고의 악덕이 되고, 빨리 죽는다는 것은 최고의 미덕이 된다. 60 전후, 늦어도 70 전후에 죽는다는 것은 모든 자식들을 다 효자로 만들고, 이 우주와 지구촌 전체를 더욱더 젊고 푸르게 만드는 것이다. 도대체 생식의 권리와 노동의 권리를 다 상실하고, 이 세상에서 '인간이라는 종의 임무'가 다 끝난 사람들이, 왜, 무엇 때문에 그처럼 더럽고 추한 얼굴로 생떼를 쓰며, 이상기온현상과 생태계의 교란과 청년실업이라는 대재앙들을 다 연출해내고 있단 말인가?

젊은 피도 필요 없고, 줄기세포도 필요 없다. 인공

장기도 필요없고, 산소호흡기도 필요없다. 신약도 필요없고, 늙지도 병들지도 않는다는 감언이설도 필요없다. 노인수당도, 요양병원도, 의사도 필요없고, 간호사도, 간병인도, 손자와 손녀도 필요없다. 달나라도, 별나라도 필요없고, 우리 70세 이상의 늙은이들에게는 아름답고 깨끗한 죽음, 더 이상 더럽고 추한 삶이 아닌, 전인류의 본보기로서의 죽음이 필요한 것이다.

모든 생명공학자들도 더 이상 수명 연장의 약과 인공장기를 개발해서도 안 되고, 모든 제약회사들도 더 이상 수명 연장의 약을 팔아서도 안 된다. 모든 의사와 간호사들도 70세 이상의 노인들에게는 영양제 주사를 놓아서는 안 되고, 산소호흡기를 부착해서는 안 된다. 오래 산다는 것은 전인류의 수치이고 재앙이며, 모든 국가는 70세 이상의 노인들에게 이 세상의 삶과 병의 고통으로부터 해방시켜주지 않으면 안 된다. 우리 노인들도 아름답고 깨끗하게 죽을 권리가 있고, 우리 노인들도 더 이상 '실버산업의 황금암탉'이 되지 않을 권리가 있다.

우리는 공양미 삼백 석에 딸을 팔아먹은 심 봉사도 아니고, 또한, 우리는 인공장기를 달고 비아그라를 먹으며, 젊은 처녀를 사냥하는 호색한도 아니다.

빨리 죽는 것은 애국하는 것이며, 모든 자식들을 다 효자로 만들고, 이 지구촌을 더욱더 맑고 푸르게 가꾸는 것이다.

오래 산다는 것은 자기 자신의 수난사이며, 자식과 이웃과 친지들의 수난사이며, 오래 산다는 것은 전체 인류와 모든 동식물들과 우주의 수난사이다.

오래 산다는 것, 즉, 장수는 '악덕 중의 악덕'이며, 더없이 더럽고 추한 암적인 종양이다.

"죽자, 죽자, 빨리 죽자."

이처럼 더욱더 신속하고 빠르게 죽어 줄 때만이 '할아버지, 할머니, 아버지, 어머니, 너무 너무 고맙고 감사합니다'라는 말을 들을 수가 있는 것이다.

모든 국가는 하루바삐 '인간 수명제'를 실시하라!!

도종환
담쟁이

저것은 벽
어쩔 수 없는 벽이라고 우리가 느낄 때
그때
담쟁이는 말없이 그 벽을 오른다.

물 한 방울 없고 씨앗 한 톨 살아 남을 수 없는
저것은 절망의 벽이라고 말할 때
담쟁이는 서두르지 않고 앞으로 나아간다.

한 뼘이라도 꼭 여럿이 함께 손을 잡고 올라간다.
푸르게 절망을 다 덮을 때까지
바로 그 절망을 잡고 놓지 않는다.

저것은 넘을 수 없는 벽이라고 고개를 떨구고 있
을 때

담쟁이 잎 하나는 담쟁이 잎 수천 개를 이끌고
결국 그 벽을 넘는다.

문화선진국의 중산층의 수준과 대한민국의 중산층의 수준은 하늘과 땅 차이보다도 더 크다고 하지 않을 수가 없다. 근검절약하며, 늘 맑고 깨끗한 생활을 하는 것, 자기 자신의 생각과 주장을 가지는 것, 사회적 약자를 돕고 부정과 불법에 항의하는 것, 언제, 어느 때나 책을 읽으며 음악을 듣는 것 등이 문화선진국의 중산층의 수준이라면, 부채없이 30평 이상의 아파트를 소유하고 월 수입이 500만원 이상이어야 하는 것, 자동차는 2,000cc 이상의 중형차이어야 하며, 은행예금 잔고는 1억원 이상이어야 하고 1년에 한 차례 이상은 해외여행을 해야 한다는 것이 대한민국의 중산층의 수준이라고 할 수가 있다. 사회적 정의가 살아 있고, 늘, 개인보다는 우리를 더욱더 소중히 하는 것이 문화선진국민의 의식수준이라면, 대한민국은 사회적 정의는커녕, '우리'보다는 '나' 자신만을 더욱더 소중히 여기는 불량국가의 국민의식을 보여주고 있다고 할 수가 있다.

유태인 한 명이 아프면 유태인 전체가 아프고, 유태인 한 사람의 잘못은 유태인 전체의 잘못이며, 유태인 한 사람의 영광은 유태인 전체의 영광이라고 한다. 유태인은 유태인의 스승이며, 사제이고, 재판관인 랍비의 지도 아래, 이 세상에서 가장 고귀하고 위대한 도덕을 지니고 있으며, 그들은 그들의 도덕철학으로 오늘날 이 세계를 지배하고 있다고 해도 과언이 아니다. '나'가 없고 '우리'만 있기 때문에, 유태인들은 그 '우리' 속에서 자기 자신의 개성과 독창성으로 사상과 이론을 정립할 수가 있었던 것이다. 프로이트, 스피노자, 아인시타인, 마르크스, 베르그송, 프란츠 카프카, 오펜하이머 등의 세계적인 대상가들이 바로 그것을 말해준다.

이에 반하여, 우리 대한민국은 사회적 약자를 보면 더욱더 짓밟고, 사회적 불의를 보면 짐짓 외면하거나 자기 자신의 이익만을 챙기려는 그토록 사악하고 나쁜 도덕을 지니고 있다고 할 수가 있다. 법원과 국회에서 그토록 위증을 해도 한없이 관대하고, 음주운전과 뇌물의 증여와 수수에도 그 어떠한 징벌적 처벌도 하지를 않는다. 이처럼 '범죄인에 의한 범죄인을 위한' 범죄인들이 정치를 하고 있기 때문에, 어느 누구도 죄를 짓는 것을 두려워하지를 않는다. 예컨대 오늘날 문화선진국에서처럼 '징벌적 처벌'을 하면 누구나 법을 지키고, 만일, 그렇게 된다면, 불법 정치자금과 뇌물이 들어오지 않는다는 것, 바로 이것이 우리 한국인들의 근본신념이 되고 있는 것이다. '우리'는 없고 '나'만 있기 때문에, '나'는 불량시민이 되고, 우리 대한민국은 세계 속의 조소와 조롱거리가 되고 있는 것이다. 학문 중의 학문인 철학을 가르치지 않는다는 것, 독서중심의 글쓰기 교육이 아닌 주입식 암기교육을 가르친다는 것, 바로 이러한 반교육적인 제도 때문에 마르크스, 프로이트, 스피노자, 아인시타인 등과도 같은 세계적인 인물들을 배출해낼 수가 없었던 것이다. 꿀벌과 개미들마저도 도덕적 질서를 갖고 있고, 늑대와 사슴들마저도 도덕적 질서를 갖고 있다. 그토록 오랫동안 이민족의 지배를 받아왔고, 그 결과, 세계적인 지도자는커녕, 도덕과 윤리가 실종된 생활을 해오고 있다는 것, 바로 이것이 우리 한국인들의 공동체 의식으로 나타나고 있는 것이다.

벽, 벽이다. 다시 말해서, 수천 년 동안 이민족의 침략과 지배를 받으며, 이 외세의 힘을 극복하지 못하고, '사대주의'라는 함정에 빠져 있었기 때문이다. 벽은 외부의 벽이고 두 눈에 보이는 벽이지만, '사대주의'라는 '절망의 벽'은 내부의 벽이고 두 눈에 보이지를 않는다. 이 '사대주의'라는 '절망의 벽'을 해체하고 극복하기 위해서는 우리는 모두가 다같이 도종환 시인의 「담쟁이」가 되지 않으면 안 된다. "저것은 벽/ 어쩔 수 없는 벽이라고 우리가 느낄 때", 또는, "물 한 방울 없고 씨앗 한 톨 살아 남을 수 없는/ 저것은 절망의 벽이라고 말할 때"의 담쟁이처럼, 우리는 말없이 손을 잡고 그 벽을 오르지 않으면 안 된다. '나'를 버리고, "한 뼘이라도 꼭 여럿이 함께 손을 잡고 올라"가고, "푸르게 절망을 다 덮을 때까지/ 바로 그 절망을 잡고" 놓치지 않아야 한다.

학문 중의 학문인 철학을 가르치며 절망의 목을 비틀고, 주입식 암기교육이 아닌 독서중심의 글쓰기 교육으로 '사대주의의 벽'을 돌파하며, 이 세상에서 가장 고귀하고 위대한 대한제국을 건설하지 않으면 안 된다.

도종환 시인의 담쟁이와 담쟁이처럼, 우리 한국인들

의 국력과 민심을 결집시키고, "한 뼘이라도 꼭 여럿이 함께 손을 잡고 올라"가지 않으면 안 된다.

도종환 시인의 「담쟁이」는 '민중의 상징'이자 '역경주의力耕主義의 극치'라고 할 수가 있다.

송찬호
종이 공주

종이에서 공주가 태어났다
공주는 무럭무럭 자랐다
종이 밖으로 공주의 흰 종아리가 살짝 나왔다가
냉큼 들어가는 걸 보면
공주는 새침떼기가 틀림 없었다

공주의 탐스러운 머리가 종이를 덮을 무렵
공주는 어엿한 아가씨가 되었다
가까운 들판에 야생화가 피고
산딸기가 빨갛게 익어가고
여우가 가꾸는 너른 포도밭이 있어도
공주는 종이 밖으로 한번도 나가지 않았다

사실 공주는 좀 덤벙대었다
왕관을 벗어 호두를 까먹고

거울을 자주 깨뜨리고

구두를 벗고 맨발로 미로의 방을 달렸다

그러다 주위의 온통 흰 세계에 대해 곰곰이 생각했다

모든 피는 어디로 갔을까

흡혈꾼들은 피를 모두 거둬가

어느 전쟁에 바쳤을까

어느날 정말 끔찍한 사건이 일어났다

어디서 가시에 찔렸는지

공주의 손가락 끝에

한방울 빨간 피가 피었던 것이다

세상의 모든 왕들이 달려왔고

피는 곧 닦여졌다

공주는 팔다리가 접혀졌다

공주는 오려졌다

아니다, 공주는 구겨져

아궁이 불에 던져졌다

인간의 출신성분은 혈연과 학연과 지연에 의하여 결정되고, 이 혈연과 학연과 지연은 출세의 보증수표가 된다. 그의 성姓은 무엇이며, 그는 누구의 자손인가? 그는 어느 학교를 나왔으며, 그의 고향은 어디인가? 모든 역사는 지리에서 시작되듯이, 그의 운명은 그의 출신성분에 의해서 결정된다고 해도 과언이 아니다.

모든 싸움은 영토 싸움이며, 자리잡기 싸움이고, 궁극적으로는 밥그릇 싸움이라고 할 수가 있다. 좋은 영토를 차지하면 좋은 자리를 잡을 수가 있고, 좋은 자리를 잡으면 먹고 살 걱정이 없게 된다. 이 영토 싸움과 자리 잡기 싸움과 밥그릇 싸움은 대부분이 그의 출신성분에 의해서 결정된다.

송찬호 시인의 「종이 공주」는 출신 성분의 최정점, 즉, 신의 은총과 같은 특권을 지니고 태어났다는 것을 뜻한다. 태어나자마자 먹이사슬의 최정점에 앉아서 만인들의 존경을 받게 되고, 종이 공주의 일거수일투족은 만인들의 관심의 대상이 되었다. 공주는 무럭무럭 자랐고, 종이 밖으로 흰 종아리가 살짝 나왔다가 냉큼 들어가는 것을 보니 새침떼기가 틀림 없었다. 공주의 탐스러운 머리는 종이를 덮었고, 공주는 어엿한 아가씨가 되었다. "가까운 들판에 야생화가 피고/ 산딸기가 빨갛게 익어가고/ 여우가 가꾸는 너른 포도밭이 있어도/ 공주는 종이 밖으로 한 번도 나가지 않았다."

사실 공주는 좀 덤벙대었고, 왕관을 벗어 호두를 까먹었다. 거울을 자주 깨뜨리고, 구두를 벗고 맨발로 미로의 방을 달렸다. "그러다가 주위의 온통 흰 세계에 대해 곰곰이 생각"하게 되었고, "모든 피는 어디로 갔을까/ 흡혈꾼들은 피를 모두 거둬가/ 어느 전쟁에 바쳤을까"라고, 자기 자신의 정체성과 이 세계의 근본 문제에 대한 회의를 품게 되었다. 붉디 붉은 피가 없다는 것은 공주에게 생명이 없다는 것이고, 공주에게 생명이 없다는 것은 그 어떠한 삶의 역사도 일어나지 않았다는 것을 뜻한다.

종이의 세계는 백지의 세계이고, 백지의 세계는 그 어떠한 생명체도 살 수 없는 불모의 세계이다. 「종이 공주」의 '존재의 근거'는 '무'이며, 따라서 종이 공주는 가상의 존재이며, 신기루 속의 존재에 지나지 않는다. 하지만, 그러나 "어느날 정말 끔찍한 사건이 일어"났는데, 왜냐하면 "어디서 가시에 찔렸는지/ 공주의 손가락 끝에/ 한방울 빨간 피가" 흘러나왔던 것이다. 종이 공주의 한방울의 피는 마른 하늘의 날벼락이며, 세상의 모든 왕들이 다 달려왔을 만큼의 세계적인 사건으로 비화되었던 것이다. 종이 공주는 왕의 딸이자 신의 딸이고, 앞으로도 영원히 수많은 왕들을 생산해낼 여왕이었던 것이다. 종이 공주가 한방울의 피를 흘렸다는 것은 왕가의 기둥뿌리가 흔들렸다는 것을 뜻하지만, 그러나 공주의 피는 닦여졌고, 그 해프닝은 곧 끝이 났다. 하지만, 그러나 그 있을 수 없는 사건이 일어난 후, 공주의 팔다리는 접혀졌고, 공주의 몸은 가위로 오려지고 구겨져, 아궁이 불에 던져졌다.

종이 공주는 새침떼기이자 말괄량이이며, 영원한 철부지이다. 영원한 철부지이자 말괄량이가 자기 자신의 능력과 한계를 망각하고 여왕의 왕관을 쓰게 될 때는 그 어떠한 사건이 일어날 것인가는 누구라도 다 알 수가 있다. 왕관으로 호두를 까고, 거울을 자주 깨뜨리고, 구두를 벗고 맨발로 미로를 달리며, 한 국가의 체제와 규율을 마비시키며, 세계적인 대사건들을 연출하게 되었던 것이다. 만일, 진리가 장소와 시간의 문제라면, 종이 공주는 종이 공주로 살 수밖에 없었던 시대와 그 종이 공주가 출현할 수밖에 없었던 무대가 있을 수밖에 없었던 것이다. 사색당쟁과 부정부패, 그리고 역사 철학적으로 무지몽매한 우리 한국인들이 그 종이 공주를 탄생시켰던 것이다.

송찬호 시인의 「종이 공주」는 하나의 우화이며, 이 세상의 물정, 즉, 이 세상의 역사 철학과 삶의 이치를 전혀 모르는 마리 앙투아네트와 박근혜와도 같은 백치들을 야유하고 희화화한 시라고 할 수가 있다.

아아, 하나의 우화이자 너무나도 우습고, 너무나도 피눈물이 맺히는 비극적인 우화여—!

양선희
시를 읽는다

시 백편 외우면 삶이 아름다워질 거라는 그의 말을 떠올리며 시를 읽는다. 눈으로 읽고, 소리 내어 읽고, 필사 하며 읽는다. 활활, 쏟아지는 활자의 활기, 활자와 활자 사이의 활기, 행간의 활기

밥상머리에서도 냇가에서도 시를 읽는다. 꼬여서 창백한 삶, 물이 오른다. 화색이 돈다.

시가 되어 있는 나무들, 시가 되어 있는 풀들, 시가 되어 있는 구름들, 시가 되어 있는 바람들, 엄지를 척 들어 올린다.

자다 일어나 시를 읽는다.
고양이처럼 귀를 쫑긋 세우고.

📖

　시인이 그토록 열심히 공부를 하고 시를 쓰는 것은 돈과 명예와 권력을 위한 것이 아니며, 오직 인간의 행복과 전체 인류의 영광을 위한 것이라고 할 수가 있다. 시인은 천재이며, 천재란 하늘이 빚어낸 이상적인 인간을 말한다. 전지전능한 신과 맞서서 유한한 존재인 인간의 삶을 옹호한 호머란 누구이며, 사랑하는 여인을 찾아서 지옥으로 내려간 단테란 누구이란 말인가? 죽음의 신마저도 감동시킨 모차르트는 누구이며, 천하제일의 영웅을 탄생시킨 베토벤이란 누구이란 말인가? 상대성 이론을 정립한 아인시타인은 누구이며, 블랙홀 이론을 정립한 스티븐 호킹이란 누구이란 말인가? 인터넷 세상을 창출해낸 빌 케이츠는 누구이며, 스마트폰 세상을 탄생시킨 스티브 잡스란 누구이란 말인가? 소설도 시이고, 음악도 시이며, 과학도 시이다. 정치도 시이고, 경제도 시이며, 종교도 시이다. 모든 학문은 저마다 제각각 다른 길을 가고 있지만, 그러나 궁극적으로는 단 한 줄의 시구로 합류하게 된다. 호머, 단테, 모차르트, 베토벤, 아인시타인, 스티븐 호킹, 스티브 잡스, 빌 케이츠는 시인이며, 그들은 인류 전체의 '애송시'를 창출해낸 시인들이라고 할 수가 있다.

언어는 천재의 생명이며, 시는 천재의 삶이다. 시를 외우면 아름답고 경건해진다. 시는 황제의 옥좌를 빛내주고, 황제의 영광을 확산시켜 준다. 시는 권력의 종아리를 때리고, 시는 권력의 숨통을 조인다. 시는 스승의 위대함을 찬양하고, 시는 스승의 업적에 경의를 표한다. 시는 스승의 잘못을 크게 꾸짖고, 시는 스승의 저서들을 불태운다. 시는 좌절과 절망을 씹고 있는 아버지에게 용기를 북돋아주고, 시는 시를 쓰는 청년에게 무한한 영광과 영예의 숨결을 불어넣어 준다. 수도자의 때묻은 영혼을 씻어주고, 길거리의 노숙자로 하여금 크게 깨달음을 얻고 천하제일의 절경으로 꽃 피어나게 한다. 시는 비판철학이 되고, 비판철학은 시인의 삶으로 꽃이 피게 된다. 인간은 나약하지만 시는 전지전능하고, 인간은 유한하지만 시는 영원하다. 시는 시인의 삶이며, 시인의 역사는 시와 함께 영원할 수도 있다.

시 백편에는 사악한 생각이 하나도 없고, 시 백편을 외우면 삶이 아름다워진다. "눈으로 읽고, 소리 내어 읽고, 필사하며" 시를 읽으면 수많은 천재들이 그의 머리와 가슴 속에 들어와 살게 된다. 호머라는 샛강이 흘러들어오면 단테라는 샛강이 흘러들어오고, 모차르트라는 샛강이 흘러들어오면 베토벤이라는 샛강이 흘러들어온다. 아인시타인이라는 샛강이 흘러들어오면 스티븐 호킹이라는 샛강이 흘러들어오고, 스티브 잡스라는 샛강이 흘러들어오면 빌 케이츠라는 샛강이 흘러들어온다. "활활, 쏟아지는 활자의 활기"가 그것이고, 또한 "활자와 활자 사이의 활기, 행간의 활기"가 그것이다. 시인은 "밥상머리에서도 냇가에서도 시를" 읽지만, 그러나 그는 모든 강물들을 다 받아들이는 바다가 되지 않으면 안 된다. 모든 강물을 다 받아들이고도 수많은 생명들을 다 먹여 살리는 넉넉한 바다—, 바로 이 넉넉한 바다가 되어야만 "꼬여서 창백한 삶"에 물이 오르고, 화색이 돌게 된다.

"밥상머리에서도 냇가에서도 시를" 읽으면, "꼬여서 창백한 삶"도 아름답고 행복한 삶이 되고, 그 모든 사회적 관계들이 자유와 평등과 사랑의 관계로 그 비옥한 산천을 이루게 된다. 나무들도 시가 되고, 풀들도 시가 된다. 구름들도 시가 되고, 바람들도 시가 되고, 드디어, 마침내는 시의 여신도 "엄지를 척 들어" 양선희 시인의 '시의 공화국'에 무한한 존경과 경의를 표하게 된다.

시인이란 천재이고, 천재란 최고급의 '시의 공화국'을 창출해낼 의무가 있다.

장옥관
덜렁덜렁,

타조는 알을 낳는다
고라니, 너구리 탯줄 품지만 앵두와 살구는 다글다
글 알을 매단다 나도 어디 가서 알이나 까볼까
얼굴 가지지 못한 핏줄의 시간, 그 작은 우주 속에서
심장 빚고 눈알을 달고
나도 날 낳아볼까 하지만,

타조는 날지 못하는 새
뭍으로 올라온 보트처럼 껑충한 다리 달고 뒤뚱뒤뚱
뛰어다니다 등 위에 올라타 그 짓 하곤
내려온다는데 삐어져 나온 붉은 살덩이
덜렁덜렁,
발기하는 새는 타조밖에 없다는데

날 수 없는 새 덜렁덜렁,

식욕과 성욕 중, 어느 것이 먼저일까하는 물음은 대단한 우문이 아닐 수가 없다. 식욕은 자기 자신의 몸을 보존하는 것이고, 성욕은 2세를 생산하여 종을 보존하는 것이다. 자기 자신이 있고, 그 다음에 2세가 있는 것이지만, 그러나 모든 생명체는 2세를 생산해야 한다는 종족의 명령에 충실하지 않으면 안 된다. 그의 태어남 자체도 종족을 보존하기 위한 것이고, 그의 삶도 종족을 보존하기 위한 것이며, 2세의 생산도 종족을 보존하기 위한 것이다. 이렇게 따지고 보면 식욕마저도 성적 욕망에 종속된 것이며, 우리가 그토록 처절하고 피눈물나게 생존경쟁을 하고 있는 것도 보다 건강하고 보다 훌륭한 2세를 생산하기 위한 종족의 명령에 충실한 것에 지나지 않는다.

타조는 알을 낳는다. 고라니, 너구리 등의 포유동물은 탯줄을 품지만, 앵두와 살구는 다글다글 알을 낳는

다. 장옥관 시인의 「덜렁덜렁,」은 새, 그것도 타조의 생
식기에 경의를 표하며, 종족의 보존사업에 역동적으로
참여하고 싶다는 욕망을 노래한 시라고 할 수가 있다.
다소 장난기와 바람둥이 같은 어조와 그 반면에, 매우
진지하고 경건한 사유가 겹쳐져 있지만, 매우 이채롭
고 신선한 시라고 하지 않을 수가 없다. 알을 낳는다는
것, 태아를 품는다는 것은 자기가 자기 자신을 낳는다
는 것이며, 그것은 뱀이 허물을 벗는 것처럼 종족의 진
화와 관련이 있다. "얼굴 가지지 못한 핏줄의 시간, 그
작은 우주 속에서/ 심장 빚고 눈알을 달고"라는 것은
내가 나를 낳는 것이다. 자식은 나의 분신이지만, 그
러나 그 나는 나를 뛰어넘는 새로운 나이다. 종의 건강
과 종의 보존은 이러한 진화 속에서 이루어지는 것이
며, 따라서 이러한 종족사업에는 수치심이 없게 된다.
　"타조는 날지 못하는 새/ 뭍으로 올라온 보트처럼 껑
충한 다리 달고 뒤뚱뒤뚱 뛰어다니다 등 위에 올라타
그 짓 하곤/ 내려온다는데 삐어져 나온 붉은 살덩이/
덜렁덜렁,/ 발기하는 새는 타조밖에 없다는데"라는 시
구는 날 수 없는 새가 새냐라는 조롱과 함께, 그래도 그
것도 생명이라고 다른 뭇새들과 달리 붉은 살덩이를 덜

렁덜렁 흔들고 있다는 이채로움을 노래한 시구라고 할
수가 있다. 하지만, 그러나 날 수 없는 새도 새이며, 그
'붉은 살덩이'는 가장 자랑스러운 존재의 핵이다. 그렇
다. 붉은 살덩이는 천둥이고, 벼락이며, 천지창조이다.

태초에, 자연의 성교(빅뱅)에 의해 이 세계는 창조
되었고, 그 결과, 수많은 종들이 탄생하고, 그 역사를
기록하게 되었다. 성교는 가장 거룩한 행위이며, 가장
아름다운 창조행위이다. 아들과 딸들이 더없이 예쁘고
사랑스럽듯이, 성교도 더없이 거룩하고 아름다운 창조
행위이다. 꽃은 피었다가 지고, 벌과 나비도 알을 낳고
죽는다. 모든 동식물들이 성교를 가장 거룩하고 아름
다운 축제로 연출해내고 있는데 반하여, 우리 인간들
만이 이 거룩하고 아름다운 '성교의 향연'을 가장 더럽
고 추한 것으로 명명하고 그것을 억압해왔던 것이다.
성교의 역사는 억압의 역사이며, 금기의 역사이고, 다
른 한편, 연애와 결혼을 통한 장려의 역사라고 할 수가
있다. 인간이 성을 억압한 것은 성의 독점과 종의 혼잡
을 막기 위한 것이고, 인간이 성을 장려한 것은 종의
순수성과 종의 번성을 위한 것이다.

알은 타조의 우주이고, 타조의 붉은 살덩이는 천지

창조의 몸짓이다. 장옥관 시인의 「덜렁덜렁,」은 천지 창조이며, '성의 향연'을 노래한 시라고 할 수가 있다.

날 수 없는 새, 덜렁덜렁은 그의 꿈이며, 날개이며, 가장 아름다운 비상이라고 할 수가 있다.

이영광

쉰

한 권을 다 읽어도 주인공들 이름이 생각나지 않는
러시아 소설처럼
흐릿했지만,
쉰이다

남의 살에 더 들어가려고 약을 먹는 늙은 정욕처럼
어지러웠지만,
지천명이다

인간이 되지 못해 괴로웠던 때도 있었고
동물이 되지 못해 괴로웠던 때도 있었다
인간도 동물도 되지 못하는 것일 때가 가장 괴로웠다

마실 만큼 마신 것 같은데
아직 잔이 남았나?

쉰 집으로 말라도 여섯 집 반을 더 얹어주는
백번 바둑처럼?

하늘이 인간의 수명을 늘여주는 건
한꺼번에 멸하기 위해선지도 모른다

인간의 수명이 육십이라고 할 때, 쉰 살의 나이는 곧 황혼을 맞이하는 나이라고 할 수가 있다. 아들과 딸들을 모두 다 시집- 장가 보내고, 이제는 이 세상의 삶을 정리할 때가 된 것이다. 이 세상의 삶을 더없이 아름답고 행복하게 마무리 할 것인가? 아니면, 이 세상의 삶을 더없이 더럽고 추하게 마무리 할 것인가? 여기에는 더 이상의 선택의 여지가 없고, '五十而知天命'의 순리에 따라, 이 세상의 삶을 완성하지 않으면 안 된다.

곧 서산이 붉어지고, 어둠이 다가올 것이다. 서산의 붉디 붉은 노을은 모든 인간들이 이 세상의 더럽고 추한 욕망들을 다 태워버리고 떠나라는 천명일 것이다. 모든 욕망과 모든 사건들을 다 태우면 서산의 노을이 아름다운 것이고, 이 세상의 삶에 미련을 두고 그 모든 것들을 다 태우지 않으면 사나운 비바람과 함께, 아름다운 그의 노을을 볼 수가 없을 것이다.

예순이 아닌 쉰 살—. 이제 곧 네가 할 일도 다 끝나가고, 또한 너의 임무도 다 끝나간다. 이 세상의 삶은 더없이 아름답고 행복했다고 붉디 붉은 서산의 노을이 타오르기 시작한다.

시간이 멈춰서고, 시곗바늘이 떨어지고, 너의 삶도 다 끝났다.

사십에는 의심 나는 점이 없었고四十而不惑, 오십에는 천명을 알았다五十而知天命는 공자의 말은 무엇보다도 아름답고 역동적인 데 반하여, 이영광 시인의 「쉰」은 염세주의와 회의주의로 그만큼 차갑고 싸늘하게 굳어 있다고 할 수가 있다. "한 권을 다 읽어도 주인공들 이름이 생각나지 않는/ 러시아 소설처럼" 흐릿하고, 이미 다 살아버린 늙은 몸으로도 그 정욕을 어쩌지 못해 어지럽다. 짐승의 탈을 쓰고 인간이 되지 못해 괴로웠던 적도 있었고, 인간의 탈을 쓰고 짐승이 되지 못해 괴로웠던 적도 있었다. 뿐만 아니라, 더욱더 어렵고 괴로웠던 것은 인간도, 동물도 되지 못한 유령일 때라고 할 수가 있는 것이다.

떠오르는 해가 아닌 흐릿한 인생, 순풍에 돛단배가

아닌 어지러운 인생, 십자가를 짊어져도 도로아미타불이 되는 인생, 어서 빨리 이 괴롭고 힘든 인생을 끝내고 싶지만, "마실 만큼 마신 것 같은데/ 아직 잔이" 남았고, "쉰 집으로 말라도 여섯 집 반을 더 얹어주는/ 백번 바둑처럼" 약간의 시간이 더 남았다. 일찍이 괴테가 "내가 언젠가 한가롭게 안락의자에 드러눕게 되면" "그것이 나의 최후의 날이다"라고 역설한 바가 있듯이, 이 세상의 할 일 다 끝나고 육체가 노쇠하면 그의 삶은 이미 끝장이 난 것이다. 그의 지혜도 쓸모없는 것이고, 그가 먹고 사는 것도 공연히, 쓸데없이 우리 젊은이들의 피를 빨아먹는 것이고, 요컨대 그는 살아 있어도 이미 죽은 것이나 마찬가지인 것이다.

하늘이 인간의 수명을 늘여주는 것도 아니고, 더, 더군다나 한꺼번에 멸하기 위한 하늘의 계획같은 것은 없다. 오직 인간의 탐욕과 자연과학의 힘으로 천명을 거역한 죄, 즉, 아름답고 행복한 삶을 거역한 인간의 죄가 '고령화라는 대재앙'으로 나타나고 있는 것 뿐이다.

'고령화라는 핵폭탄'이 모든 빙하를 다 녹이고, 해수면을 끌어올리며, 대폭발 직전의 최후의 날을 연출해 내고 있는 것이다.

젊음은 아름답고 늙음은 추하다. 아름다운 것은 이상적인 것이고, 모든 것이 가능해진다. 아름다운 것에서 감동이 솟아나오고, 감동이 솟아나오면 무한한 찬양과 찬사가 울려퍼진다. 이에 반하여, 추함은 절망적인 것이고, 모든 가능성이 죽어버린다. 추함에서는 혐오가 솟아나오고, 혐오가 솟아나오면 무한한 중상모략과 비방이 쏟아져 나온다.

젊음은 아름다움과 관련 있고, 늙음은 추함과 관련이 있다.

당신은, 당신은, 과연 어떻게 아름답고 행복한 삶을 완성할 것이란 말인가?

독일의 경우는 철두철미 독서중심의 글쓰기교육을 하고, 초등학교 5학년이면 사실상, 그 아이의 미래의 운명이 결정된다. 초등학교 5학년 학생의 경우 1년에 모든 학과목에 대한 글을 5백매 정도씩 쓰게 되고, 이것으로 학생들 개, 개인의 우열의 차이가 너무나도 분명하게 드러나게 된다. 담임 선생님은 이 성적을 토대로 하여 김나지움, 레알슐레, 하웁트슐레로 학생들의 진로를 결정해준다. 김나지움은 장차 학자와도 같은 최고급의 엘리트교육을 담당하고, 레알슐레는 일반 회사원 정도의 교육을 담당하고, 하웁트슐레는 전문직 업교육을 담당한다. 어쩌다가 학부모가 담임 선생님의 판단에 불만을 품고 자기의 아이를 김나지움에 보내게 되면 거의 100% 낙제생의 신세를 면하지 못하게 된다. 독일은 사상가의 민족이고, 매년, 해마다 대통령과 총리를 비롯한 전국민이 참여하는 '철학축제'를 열고 있다. 칸트, 헤겔, 마르크스, 니체, 쇼펜하우어, 하이데거 등을 배출해낸 독일인과 유대인의 숙명적인 세계대전이 독일 통일 이후 다시 시작되고 있는 것이다.(마르크스와 아인시타인은 유대인이지만, 독일교육이 배출해낸 세계적인 대사상가들이다.)

오오, 그토록 책을 읽지 않고 '독서중심의 글쓰기교육'을 외면하고 있는 한국인들이여!! 참으로 노예민족은 노예민족답고, 이처럼 한국병(망국병)은 유치하고 뿌리가 깊은 것이다.

최덕순
비

암만 흔들어봐라
열어주나

모질게 갔으면 그만이지
왜 다시 와서 지랄여

꽃 피면 넌가 했던 거
바람 불면 넌가 했던 거
이젠 아녀

그려
왔으면 실컷
울다나 가그라 그만

어느날 갑자기 총 맞은 코뿔소가 길길이 날뛸 수도 있고, 어느날 갑자기 호랑이 앞발에 얻어맞은 멧돼지가 산골짜기가 떠나가도록 비명을 질러댈 수도 있고, 어느날 갑자기 천길의 벼랑 끝에 다다른 강물이 이과수폭포처럼 비명을 질러댈 수도 있다.

　인생이란 덫이고, 함정이며, 이 세상의 삶이란 그토록 처절하고 슬프게 울다가 가는 것인지도 모른다. 모질다는 것은 독하고 악랄하다는 뜻도 되고, 모질다는 것은 참으로 강하고 그 기세가 대단하다는 뜻도 된다. 독하고, 악랄하다는 것은 최고의 위기의 순간에 모든 인간 관계를 끊어버렸다는 것이고, 참으로 강하고 그 기세가 대단하다는 것은 최고의 위기의 순간에도 끝끝내 그 인간 관계를 지켰다는 것이다. 전자는 나쁜 인간(범죄자)의 유형이고, 후자는 착한 인간(도덕군자)의 유형이다.

최덕순 시인의 「비」의 주인공은 참으로 독하고 악랄한 년이고, 제 서방이 죽자마자 어린 핏덩이를 놔두고 외간 남자와 도망을 간 며느리인지도 모른다. "모질게 갔으면 그만이지/ 왜 다시 와서 지랄여/ 꽃 피면 넌가 했던 거/ 바람 불면 넌가 했던 거/ 이젠 아녀"라는 시구가 그것을 말해준다. 너무나도 젊은 나이에 하늘 같은 제 서방을 떠나보낸 여인의 한은 어떠 했을 것이고, 너무나도 젊은 나이에 어린 핏덩이를 놔두고 외간 남자와 도망을 간 여인의 심정은 어떠했을까? 며느리의 한은 죄책감이 되고, 시어머니의 한은 원망이 된다.

인생은 덫이고, 함정이고, 이 덫과 함정에 빠져있는 사람은 살아 있어도 살아 있는 것이 아니다. 한은 총 맞은 코뿔소가 되고, 한은 호랑이 앞발에 얻어맞은 멧돼지가 되고, 한은 천길 벼랑 끝의 이과수폭포가 된다.

그려
왔으면 실컷
울다나 가그라

비다, 장대비다.

오늘도, 지금 이 순간에도, 온몸으로, 온몸으로 천둥 번개를 치며 장대비로 우는 여인들이 있다.

사디
아담의 후예

인류는 한 몸
한 뿌리에서 나온 영혼.
네가 아프면
나도 아프네.
그렇지 않다면
우리는 사람도 아니지.

조선인은 한 몸
한 뿌리에서 나온 영혼.
네가 아프면
나도 아프고,
내가 아프면
네가 더 아파하지.

그렇지,
누이동생들을 양공주로 팔아버리고
군사주권을 미군에게 빼앗기고도
바보처럼 웃는
남조선인은 사람도 아니지.

최승호

방부제가 썩는 나라

모든 게 다 썩어도
뻔뻔한 얼굴은 썩지 않는다

우리 한국인들은 이 세상에서 가장 고귀하고 위대한 '부패'라는 천제天帝의 자손이다. 재벌도 대형교회도 썩었고, 대학도 대학교수들도 썩었다. 부모형제도 대통령도 썩었고, 정치인들과 시민단체도 썩었다. 모든 것이 썩어도 '부패의 자손'인 우리 한국인들은 '부패의 이름'으로 더욱더 자기 자신과 부패의 영광을 창출해낸다.

　모든 게 썩어도 부패한 한국인들은 부패한 채로 영원히 썩지 않는다.

최승호

굴비가 강연을 한다

비굴한 놈
그렇게까지 비굴하게 굴더니
굴비가 된 놈
아직도 입이 살아 있는 놈
강연까지 하고 다니는

우리 대통령도, 우리 국회의장도, 우리 대법원장도 '애국'이나 '일등국가'라는 말은 강조하지 않는다. 왜냐하면 '애국'이나 '일등국가'를 강조하면 뇌물을 먹을 수가 없기 때문이다.

뇌물 먹고 자살하라! 그러면 당신도 노무현이나 노회찬처럼 전인류의 영웅이 될 수 있다!

독일인 한 사람의 영광은 독일인 전체의 영광이고, 독일인 한 사람의 잘못은 독일인 전체의 잘못이다. 이 도덕철학이 일등국가의 민족정신이다.

한국인 한 사람의 영광은 그 사람의 영광이고, 한국인 한 사람의 잘못은 나와는 상관없는 일이다.

우리 한국인들은 수천 년 이래 역사의 발전을 기록하지 못한 슬픈 민족이고, 차라리 소멸하는 것이 인류의 건강에 도움이 되는 민족이다.

'백치민족—노예민족의 운명'을 벗어날 길이 없다.

우리 한국인들이 그처럼 비굴한 것은 자기 자신의 입
신출세를 위한 것이지, 우리 한국이나 우리 한국인의
영광을 위한 것이 아니다.

비굴한 인간과 비굴한 인간들이 모여 사는 곳에서는
더욱더 비굴한 굴비가 진짜 선생 노릇을 한다.

권대웅 윤지양

장석주 송찬호

칼릴 지브란 최금녀

김가연 정채봉

임경숙 김선태

이병연 신현림

이병률

권대웅

생의 정면正面

어느 순간 와락 진저리쳐질 때가 있다

허리를 굽히고 마당을 쓰는데
머리 위로 쓰윽 이상한 바람이 지나간 것 같을 때
아버지가 돌아가셨는데
아무 일 없듯이 가을 하늘 너무 푸르고 맑을 때
힘이 없는데 정면으로 맞장떠야 할
어느 한순간이 올 때
아무도 지나가지 않는 뙤약볕 시골길
흰 적막이 가득 들어 있을 때
맑은 정신으로 눈이 떠진 새벽
오로지 홀로 나와 맞닥뜨릴 마지막 시간이 떠오를 때

홀연 엄습하는 생의 낯섦을 견디며
불안한 영혼들이 숙연해지고 고요해져 간다

권대웅 시인의 「생의 정면正面」은 '진저리'이며, 진저리란 마음과 몸의 거부반응을 말한다. 몸이 차가운 것에 닿거나 어떤 무서움을 느낄 때 몸이 부르르 떨리는 것이 진저리라면, 진저리란 어떤 사건의 비극적이며, 최종적인 종말을 말한다.

　　한국 대통령이 사면복권을 남발하며 사법질서를 유린했을 때에도 우리는 진저리를 치지 않으면 안 되었고, 한국 대통령이 국민연금으로 이재용의 경영권을 방어해주고 '부의 대물림'을 완성해주었을 때에도 우리는 진저리를 치지 않으면 안 되었다. 우리 정치인들이 피감기관의 돈으로 해외여행을 다니거나 뇌물을 먹고 자살한 노무현과 노회찬을 문화적 영웅으로 둔갑시킬 때에도 우리는 진저리를 치지 않으면 안 되었고, 우리 학자들이 그들의 밥그릇을 위해 우리의 아이들을 모조리로 백치로 만들 때에도 우리는 진저리를 치지 않으면 안 되었다. 전세계에서 가장 훌륭하게 모범시민을 대청소하고 '범죄인 천국'을 만들 때에도 우리는 진저리를 치지 않으면 안 되었고, 이 지구상에서 가장 교활하고 잔인한 미제국주의의 앞잡이가 되어 남북분단을 고착화시키는 '민족의 반역자들'을 볼 때에도 우리는 진저리를 치지 않으면 안 되었다.

우리 한국인들은 인류 전체의 영광이나 그 행복같은 것은 아예 생각조차도 하지 않으며, 오직 자기 자신의 눈앞의 이익과 밥그릇에만 관심을 갖는다. 부처와 예수를 믿고 찬양하면서도 그 말씀이나 그 말씀의 실천에는 관심조차도 없고, 오직 무병장수와 부귀영화와 자기 자신의 가족의 건강과 행복만을 기도한다.

국가, 사회, 단체, 학교, 직장 등의 공동체 의식은 물론, 인류 평화와 인류의 행복같은 것에는 손톱만큼의 관심도 없으며, 우리 한국인들의 「생의 정면正面」은 '지옥의 고속열차'를 탄 악마의 모습 자체라고 할 수가 있다.

대통령도, 정치인도, 학자도, 목사도, 큰스님도, 모두가 더 이상 타락할 것이 없는 대악마들의 전범일 뿐이다.

　나는 대한민국의 국호를 '뇌물공화국'으로 바꿀 것이
다. 뇌물국토, 뇌물곡식, 뇌물대통령, 뇌물장관, 뇌물
국회의원, 뇌물선생, 뇌물학생, 뇌물밥, 뇌물국, 뇌물
반찬, 뇌물자지, 뇌물보지 등——, 어찌 우리 한국인들
이 이 유구한 '뇌물의 역사와 전통'을 방치할 수가 있
겠는가?
　자아, 이승만, 박정희, 전두환, 이명박, 박근혜, 노
무현, 김대중, 이건희, 이재용, 유병언, 최순실 등 다
나와, 노래를 부르고 춤을 추어라!!

윤지양
초록 알러지

초록이 미소 코끝에
재채기
재채기
재채기

날아가는 미소 곧
떨어진다

초록이 발끝에 미소

축구공을 찼다

사라진 초록이

문으로 넘나든다

창이 깨지는 소리가 들리지 않았니

찾아내 재채기
공이 구른다 초록이 찾아내
날아가는 초록이 재채기를 찾아

돌 구른다
미소만 남은 재채기

윤지양 시인의 「초록 알러지」는 반생물학적이며, 소
위 칠포세대(연애, 결혼, 출산, 취업, 내집마련, 꿈, 희
망)의 심리를 반영한 시인지도 모른다. 알러지란 어떤
사물이나 현상을 거부하는 심리적 반응을 말할 수도 있
지만, 그러나 그것이 '초록 알러지'라고 할 때는 보편적
인 어떤 정서라고 할 수가 없다. 왜냐하면 초록은 우리
인간들이 가장 좋아하는 색이며, 이 초록이 없다면 우
리 인간들의 삶이 없기 때문이다. 초록이란 벼와 보리
를 뜻하고, 초록이란 사과나무와 포도나무를 뜻한다.
초록이란 풀과 나무를 뜻하고, 초록이란 바다와 호수
를 뜻한다. 초록이란 어린 아이와 젊은이를 뜻하고, 초
록이란 영원한 청춘과 영원한 생명을 뜻한다. 윤지양
시인의 「초록 알러지」는 젊은이가 젊음을 혐오하며, 생
명부정에의 의지를 표명한 시라고 할 수가 있다.
　초록이 미소 코끝에 줄재채기를 하고, 이 줄재채기

끝에 미소는 날아가 떨어진다. 어느덧 지구촌은 대폭발 직전이고, 일자리는 줄어들고, 산다는 것 자체가 재앙이 되는 그런 시대가 되었다. 꿈과 희망의 날갯죽지가 부러지고, 친구와 친구의 관계는 물론, 부모형제지간의 관계마저도 파탄을 맞이하게 되었다. '저출산 고령화'와 '풍요 속의 빈곤의 시대'—, 바로 이 시대 속에서 우리 젊은이들의 미소는 줄재채기와도 같으며, 이제는 웃을 일조차도 없게 되어버린 것이다.

젊음이란 초록 알러지이고, 재채기이며, 젊음이란 무차별적인 화풀이의 진원지라고 할 수가 있다.

윤지양 시인은 우리 젊은이들의 심리현상을 꿰뚫어보고, 이 「초록 알러지」를 어린 아이로 의인화시킨다. 어린 아이의 미소는 재채기가 되고, 재채기는 축구공이 된다. 어린 아이는 축구공을 차고, 축구공은 전혀 엉뚱하게 남의 집 유리창을 깨뜨린다. 초록은 재채기이고, 재채기는 축구공이고, 축구공은 돌멩이이다.

영원한 젊음과 영원한 생명의 상징인 초록이 만악의 근원이 되는 현대사회는 '지옥의 쾌속열차'를 탄 사회라는 것이 윤지양 시인의 「초록 알러지」의 전언인 것이다.

윤지양 시인의 「초록 알러지」는 염세주의, 혹은 회의주의의 산물이기는 하지만, 대단히 그 발상이 참신하고, 자유연상에 의한 말놀이가 재기발랄하고 싱그럽다. 초록과 미소와 재채기와 축구공과 유리창과 돌로 이어지는 이미지들과 그 이미지들을 하나의 사건으로 연출해내는 서사성은 찰리 채플린의 영화와도 같다. 웃음 속에 감춘 눈물, 웃음 속에 감춘 절망, 웃음 속에 숨긴 비수같은 섬뜩함이 만인들의 시선을 사로잡고 있는 것이다.

그렇다. 정말로 무서운 것은 분노가 아닌, 증오가 아닌 웃음 속의 살의인 것이다.

장석주

다시 첫사랑의 시절로 돌아갈 수 있다면

어떤 일이 있어도 첫사랑을 잃지 않으리라

지금보다 더 많은 별자리의 이름을 외우리라

성경책을 끝까지 읽어보리라

가보지 않은 길을 골라 그 길의 끝까지 가보리라

시골의 작은 성당으로 이어지는 길과

폐가와 잡초가 한데 엉겨 있는 아무도 가지 않은 길
로 걸어가리라

깨끗한 여름 아침 햇빛 속에 벌거벗고 서 있어 보
리라

지금보다 더 자주 미소짓고

사랑하는 이에겐 더 자주 '정말 행복해'라고 말하리라

사랑하는 이의 머리를 감겨주고

두 팔을 벌려 그녀를 더 자주 안으리라

사랑하는 이를 위해 더 자주 부엌에서 음식을 만들
어 보리라

다시 첫사랑의 시절로 돌아갈 수 있다면
상처받는 일과 나쁜 소문,
꿈이 깨어지는 것 따위는 두려워하지 않으리라
다시 첫사랑의 시절로 돌아갈 수 있다면
벼랑 끝에 서서 파도가 가장 높이 솟아오를 때
바다에 온몸을 던지리라

삶의 본능은 자기 보존본능이고, 자기 보존본능은 종족보존 본능이다. 손오공이 뛰어보았자 부처님의 손바닥을 벗어날 수가 없듯이, 인간의 삶의 욕망(본능)은 종족보존 본능을 벗어날 수가 없다. 개인은 순진하고 개인은 자기 자신의 삶을 살고 있는 것 같지만, 그러나 그것은 종족의 삶에 지나지 않는다. 자연의 입장에서 바라보면 개인은 없고 종족만 있으며, 이 종족이 개인의 탈을 쓰고 있는 것뿐이다.

첫사랑은 이성의 눈뜸이며, 자기 짝에 대한 최초의 반응이다. 첫사랑은 개인적 사건이면서도 인륜적 사건이고, 인륜적 사건이면서도 세계적인 사건이다. 우리는 첫사랑을 통해서 자기 자신을 바라보며 미래를 설계하고, 우리는 첫사랑을 통해서 머나먼 미래에서 현재로 날아온다. 첫사랑은 순수하고, 첫사랑은 대폭발이고, 첫사랑은 이상낙원이다.

따라서 첫사랑은 순수했던 만큼 크나큰 상처를 남기고, 그 모든 꿈들을 물거품으로 만들어버린다. 상처는 영원한 상처가 되고, 아픔은 영원한 아픔이 된다. 만일, 오르페우스가, 단테가, 페트라르카가 이 첫사랑을 성취했다면, 그들은 영원불멸의 시인이 되지는 못했을 것이다. 그들의 상처와 아픔이 간절함을 낳고, 그 간절함이 「다시 첫사랑의 시절로 돌아갈 수 있다면」이라는 시를 쓰게 만든 것이다.

「다시 첫사랑의 시절로 돌아갈 수 있다면」 어떤 일이 있어도 첫사랑을 잃지 않을 것이고, 지금보다도 더 많은 별자리의 이름을 외우고, 성경책을 끝까지 읽어 볼 것이다. 수많은 샛길과 수많은 갈림길들 사이에서 가보지 않은 길도 끝까지 가볼 것이고, 시골의 작은 성당으로 이어지는 길과 폐가와 잡초가 한데 엉겨 있는 아무도 가지 않은 길도 가볼 것이다. 지금보다 더 자주 미소짓고, 사랑하는 이에겐 더 자주 '정말 행복해'라고 말할 것이고, 사랑하는 이의 머리를 감겨주고, 두 팔을 벌려 그녀를 더 자주 안아줄 것이다. 사랑하는 이를 위해 더 자주 음식을 만들고, 상처받는 일과 나쁜 소문, 꿈이 깨어지는 것 따위는 두려워하지 않을 것이고, "다시 첫사랑의 시절로 돌아갈 수 있다면/ 벼랑 끝에 서서 파도가 가장 높이 솟아오를 때/ 바다에 온몸을" 던질 것이다.

장석주 시인의 말에 따르면, 첫사랑이 있고 내가 있는 것이지, 내가 있고 첫사랑이 있는 것이 아니다. 첫사랑이 있고 세계가 있는 것이지, 세계가 있고 첫사랑이 있는 것이 아니다. 첫사랑은 순수하고, 첫사랑은 용감하고, 첫사랑은 행복하다.

첫사랑은 대폭발이고, 우주창조이며, 첫사랑은 영원한 시이다. 첫사랑은 신화이고 종교이며, 첫사랑은 종족의 명령이다.

송찬호

늙은 늑대

늙은 늑대가
돋보기 안경을 쓰고
흔들의자에 앉아
신문을 읽는다

신문을 아무리
구석구석 훑어봐도
늑대가 돼지나 양을 물어 갔다는
기사는 찾을 수가 없다

요즘 젊은 늑대들은 어디에서 살까
깊은 숲속에는 먹이가 많을까
참, 아기 돼지 삼형제도 이제 어른이 됐겠다

늙은 늑대가 돋보기 안경을 쓰고 흔들의자에 앉아 신문을 읽는다. 하지만, 그러나, 신문을 아무리 구석구석 훑어봐도 늑대가 돼지나 양을 물어 갔다는 기사는 찾을 수가 없다. 왜냐하면 이 세상은 그토록 사납고 잔인한 양들의 세상이 되었기 때문이다.

한국 사회에서 늑대는 초식동물이 되었고, 양들은 포식동물이 되었다. 오늘도, 지금 이 순간에도 '순한 늑대의 탈'을 쓴 양들이 우리 한국인들을 엄청나게 물어죽이고, 대한민국의 국고는 텅텅 다 비어간다. 우리 학자들은 주입식 암기교육으로 전국민을 백치로 만들고, 우리 정치인들은 온갖 뇌물과 부정부패로 국민의 혈세를 다 축낸다. 우리 재벌들은 벤처기업의 아이디어와 자본을 다 빨아 먹으며 '부의 세습'으로 더욱더 뚱뚱해지고, 우리 목사들은 이민족의 양들에게 현혹되어 전국민을 예수중독증으로 몰아간다. 일등국가

와 일등국민의 목표도 없고, 단군도 모르고, 세종대왕
도 모른다. 역사와 전통도 모르고, 불교도 유교도 모
르고, 선과 악도 모른다. 사나운 이빨과 발톱을 지닌
양들과 양들의 싸움으로 순한 늑대들이 다 멸종되어
버린 것이다.

　진리는 장소의 문제일 뿐만 아니라 시간의 문제이
며, 또한 진리는 시간의 문제일 뿐만 아니라 인간의 문
제이다. 우리 학자들, 우리 정치인들, 우리 재벌들, 우
리 목사들은 모두가 다같이 순한 양의 탈을 썼지만, 실
제로는 그토록 사납고 잔인한 늑대의 탈을 쓰고 있었던
것이다. 따라서 그들은 늑대가 아니라 양이며, 아주 사
납고 잔인한 양들이며, 순한 늑대들을 다 물어죽인다.
그들은 명시적으로 국가와 민족을 위하여 일을 한다고
하지만, 그러나 그들은 근본적으로 자기 자신들의 이
익을 위하여 그 모든 것을 다 배신해버린다. 그들은 악
마들의 협력자들일 뿐 아니라 사사건건 국익을 가로채
가는 대도둑들이자 민족의 반역자들이기도 한 것이다.

　송찬호 시인의 말대로 요즈음 젊은 늑대들은 살아갈
방법이 없다. 숲속에서나 학교에서나, 또는 회사에서
나 교회에서나, 우리 학자들이란 양, 우리 정치인들이

란 양, 우리 재벌들이란 양, 우리 목사들이란 양의 '흡
혈통치' 아래 살아갈 방법이 없는 것이다.

오늘날 한국 사회에 늑대는 조금도 무섭지 않다. 진
짜로 무서운 것은 순한 늑대의 탈을 쓴 양(악마)들이
다.

짐승의 무리 중에서 많은 짐승들을 꾀어내기 위해—
그러기 위해 나는 왔다. 군중과 짐승의 무리들은 내게
화를 내리라. 목자들에겐 짜라투스트라는 강도라고 불
리우리라.

나는 목자들이라고 말하지만, 그러나 그들은 자신을
선한 자, 의로운 자들이라고 부른다. 나는 목자들이라고
말하지만, 그러나 그들은 자신들을 올바른 신앙을 가진
신도들이라고 부른다.

보라, 저 선한 자들, 의로운 자들을! 그들이 가장 미
워하는 것은 누구인가? 그것은 그들의 가치 표表를 부
수는 자, 파괴자, 범죄자이다.—허나 그는 창조하는 자
인 것이다.

— 니체, 『짜라투스트라는 이렇게 말했다』에서

칼릴 지브란
함께 있되 거리를 둘지어다

함께 있되 거리를 둘지어다.

그래서 하늘 바람이 그대들 사이에서 춤추게 하기를!

서로 사랑할지어다

그러나 사랑으로 얽어매지는 말지어다

그대들 영혼의 두 언덕 사이에 뛰노는 바다가 있게할지어다

𝄁

　사람과 사람 사이의 관계는 하나의 풍경과도 같고, 그 사람의 인품에 따라 그 관계는 천하의 절경일 수도 있고, 더없이 더럽고 추할 수도 있다. 사랑하는 친구의 원수를 갚고 장렬하게 전사해간 아킬레스, 영원불멸의 삶을 거절하고 인간의 삶을 선택한 오딧세우스, 풍전등화 속의 조국을 구원하고 영국군에게 사로잡혀 죽어간 잔 다르크, 악법도 법이다라는 말을 남기고 너무나도 의연하고 당당하게 한 사발의 독배를 마시고 죽어간 소크라테스, 한글을 창제하고 한자문화로부터 우리 한국인들을 구원해낸 세종대왕, 영원한 제국을 꿈꾸며 홍익인간을 창출해낸 단군은 오늘도, 지금 이 순간에도 천하의 절경으로 피어 있는 사람들이라고 할 수가 있다.

　천하는 넓지만 두 명의 왕이 존재할 수 없는 것처럼, 인간과 인간의 사이에는 '미학적 거리'가 있어야 한다.

사람의 얼굴은 한 뼘의 얼굴에 불과하지만, 이 세상의 수많은 사람들 중에서 똑같은 얼굴을 한 사람은 없다. 눈과 눈, 눈썹과 눈썹, 볼과 볼, 입과 입, 귀와 귀, 턱과 턱이 다 다르고, 이 모든 기관들마저도 서로 떨어져 한 뼘의 얼굴의 풍경을 이룬다.

칼릴 지브란의 "함께 있되 거리를 둘지어다"는 제일급의 시구이자 잠언이라고 할 수가 있다. 그렇다. 이 '미학적 거리'는 '사랑(관계)의 거리'이며, 그대와 내가 춤을 출 수 있는 거리라고 할 수가 있다. 사랑은 하나됨에 있지만, 그러나 이 하나됨은 미학적 거리가 허용하는 순간에 지나지 않는다. 아내도 나이면서 내가 아니다. 남편도 나이면서 내가 아니다. 사랑이란 둘이 하나가 되는 순간도 있고, 그 반대방향에서, 저마다의 개성과 인격을 지닌 '자유인'일 때도 있다. 요컨대 아내와 남편, 또는 연인과 연인은 영원한 하나가 될 수 없으며, 때로는 그 거리가 상상을 초월할 수 없을 만큼 큰 거리일 수도 있다.

서로 사랑할지어다
그러나 사랑으로 얽어매지는 말지어다

그대들 영혼의 두 언덕 사이에 뛰노는 바다가 있게 할
　지어다

　사랑은 바다와도 같고, 바다에는 수많은 생명들이
살고 있다. 사랑은 밀물과도 같고, 사랑은 썰물과도 같
다. 둘이 하나가 될 때는 밀물이 되어야 하고, 서로가
서로의 삶으로 돌아갈 때는 썰물이 되어야 한다. 밀물
은 구속이 되고, 이 구속은 내가 어렵고 힘들거나 상대
방이 어렵고 힘들 때, 그를 구원하는 힘으로 작용한다.
썰물은 자유가 되고, 이 자유는 상대방이 나를 지나치
게 구속할 때, 또는 내가 내 자신으로 돌아갈 수 있는
힘으로 작용한다. 밀물과 썰물이 없는 바다가 없듯이,
구속과 자유가 없는 사랑도 없다.

　사랑은 한 뼘의 얼굴이고, 사랑은 바다와 같다. 로미
오와 줄리엣이, 안토니우스와 클레오파트라가, 오딧세
우스와 페넬로페가, 큐피드와 프시케가 이 한 뼘의 얼
굴로 만나고, 그 사랑의 바다를 헤엄쳐 간다.

　사랑은 자유이고, 사랑은 구속이다. 사랑은 노래이
고, 사랑은 춤이다. 사랑은 창조이고, 미학이며, 사랑
은 천하제일의 풍경이다.

"그대가 부른다면 수천의 승리를 버리고서라도 가야지"라는, 이 영웅의 노래가 오늘날, 지금 이 순간에도 우리 인간들의 마음을 사로잡고 있는 것이다.

최금녀
바람에게 밥 사주고 싶다

나무들아, 얼마나 고생이 많았느냐
잠시도 너희들 잊지 않았다

강물들아, 울지 마라
우리가 한 몸이 되는
좋은 시절이 오고 말 것이다

바람아, 우리 언제 모여
밥 먹으러 가자
이 세상에서 제일 맛있는 밥
한솥밥
우리들 함께 먹는 밥
먹으러 가자

압록강아,

그날까지

뒤돌아보지 말고

흘러 흘러만 가다오.

모든 역사는 지리에서 시작된다는 말이 있다. 진실과 허위, 선과 악, 진보와 보수, 사랑과 혐오, 도덕과 부도덕, 사상과 이념, 종교와 종교는 잠정적이고 일시적인 어떤 것이지, 보편적이고 영속적인 어떤 것이 아니다. 장소, 즉, 지리가 바뀌면 삶의 환경이 바뀌고, 삶의 환경이 바뀌면 모든 가치관이 바뀐다. 인생은 짧고 세계는 넓다. 우리 인간들은 머리에서 발끝까지 보수적이며, 변화를 제일 싫어하고 두려워한다. 전 세계를 다 돌아다녀도 우리 인간들은 좀처럼 변하지 않는데, 왜냐하면 자기 자신만을 떠메고 돌아다녔기 때문이다. 유대인들은 그들의 『성경』을 '들고 다니는 조국'이라고 부르고 있는데, 왜냐하면 이 『성경』 속에는 유대인의 역사와 전통이 다 들어 있기 때문이다.

어느 곳에서 태어났는가는 지연地緣이 되고, 누구의 자손인가는 혈연血緣이 되고, 어느 학교를 나왔는가는 학연學緣이 된다. 지연과 혈연과 학연은 그의 출신성분의 세 기둥이 되고, 그는 한평생 이 출신성분을 어느 누구도 지울 수 없는 지문처럼 지니고 살아가게 된다. 최금녀 시인의 「바람에게 밥 사주고 싶다」라는 시를 읽다가, 지연과 혈연과 학연의 기원에는 '한솥밥'이 있다는 것을 깨닫게 되었다. '한솥밥'은 지연의 표지이고, 한솥밥은 혈연의 표지이며, 한솥밥은 학연의 표지라고 할 수가 있다. 한솥밥은 공동운명체를 뜻하고, 한솥밥은 영원한 유대관계를 뜻한다. 피가 물보다 진하듯이, 한솥밥은 사상과 이념을 초월하고, 한솥밥은 도덕과 부도덕을 초월한다. 이 세상에서 제일 맛있는 밥은 한솥밥이며, 이 한솥밥을 누구와 함께 먹고 있느냐에 따라서 그의 운명이 결정된다.

이 세상에서 가장 불쌍한 사람은 한솥밥을 먹지 못하는 사람들이며, 그들은 떠돌이─나그네, 즉, 공동체의 바깥에 있는 사람을 뜻한다. 거지, 미치광이, 노숙자, 고아, 외국인 등이 바로 그것이며, 그들은 자연의 재앙이나 전염병과 대기근, 그리고 내란이나 전쟁 등에서 그 어떤 보호도 받을 수가 없게 된다. 우리 한국인들은 약속민족으로 태어나 수천 년 동안 이민족의 군화발에 짓밟혔고, 그 결과, 아직도 수많은 이산가족들이 산재한 채 남북분단의 아픔 속에서 살아간다. 최금녀 시인은 함경도 출신의 실향민이며, 이 실향민의 아픔으로「바람에게 밥 사주고 싶다」는 노래를 부르고 있는 것이다. "나무들아, 얼마나 고생이 많았느냐/ 잠시도 너희들 잊지 않았다", "강물들아, 울지 마라/ 우리가 한 몸이 되는/ 좋은 시절이 오고 말 것이다", "압록강아/ 그날까지/ 뒤돌아보지 말고/ 흘러 흘러만 가다오"라는 매우 평범하고 통속적인 시구들이 "바람아, 우리 언제 모여/ 밥 먹으러 가자/ 이 세상에서 제일 맛있는 밥/ 한솥밥"이라는 시구에 의하여, 퀴리부인의 '라듐'처럼 그 빛을 발하게 된다. 라듐은 어둠 속에서도 스스로 빛을 뿜어내는 발광체이며, 납을 제외한 그 모든 물체를 뚫고 들어가는 현대과학의 총아(방사선)라고 할 수가 있다.

한솥밥은 나무들이고, 강물이고, 바람이다. 한솥밥은 압록강이고, 이북동포들이고, 우리 한국인들이다. 한솥밥은 민족통일의 염원이 담긴 '라듐'이며, 전인류를 감동시킬 '인류애의 꽃'이다. 숨죽여 흐느끼는 한솥밥, 피눈물이 맺힌 한솥밥, 허리 굽은 나무같고 압록강

같은 한솥밥, 고향을 잃고 나라를 잃고 꿈에도 그리던 부모형제와 조국과도 같은 한솥밥—.

최금녀 시인의 「바람에게 밥 사주고 싶다」는 이산가족의 통곡의 산물이며, 그 눈물로 피워낸 라듐, 즉, 한솥밥이라고 할 수가 있다. 주체성과 자유와 독립으로 빛나는 한솥밥, 영원한 제국과 조국으로 빛나는 한솥밥—.

오오, 한솥밥이여!

오오, 한솥밥이여!

김가연
풀씨

풀밭 저만치 갔다가
저물어 돌아오니
발목에 붙어 있는 풀씨 하나

왜냐고 묻기도 전에
손을 내민다

내가 지나 온 길
어디쯤에서 만난 건지

내 노래 어느 대목에서
울음을 본 건지

지친 발 보듬고
눈시울 적신다

굽은 길목에서

글썽이던 눈물 같은

작은 풀씨 하나

혼자 밥 먹고, 혼자 술 먹고, 혼자 잠잔다. 혼자 책 읽고, 혼자 사랑을 속삭이고, 혼자 떠돌아 다닌다. 풀 씨도 혼자이고, 시인도 혼자이고, 이 혼자와 혼자가 만나서 "내가 지나 온 길/ 어디쯤에서 만난 건지// 내 노래 어느 대목에서/ 울음을 본 건지// 지친 발 보듬고/ 눈시울을 적신다(「풀씨」)". 삶은 울음이고 통곡이며, 이 '눈물의 미학'에서 절창이 탄생한다. 눈물의 미학은 진실의 미학이며, 이 진실의 미학이 이 세상의 혼자와 혼자들을 다 불러모아 『푸른 별에서의 하루』를 보내게 된다. 김가연 시인의 시들은 시인정신과 시대정신을 갖고 있으며, "발목에 붙어 있는 풀씨 하나"와의 사랑을 통해서 날이면 날마다 푸른 별들을 탄생시킨다.

시는 울음이고, 통곡이며, 시는 기적이다.

정채봉

노란 손수건

병실마다 밝혀 있는 불빛을 본다
환자들이 완쾌되어 다 나가면
저 병실의 불들은 꺼야 하겠지

감옥에 죄수들이 없게 되면
하얀 손수건을 건다던가
병실에 환자들이 없게 되면
하늘색의 파란 손수건을 걸까

아니,
내 가슴속 미움과 번뇌가
다 나가서 텅 비게 되면
노란 손수건을 올릴까 보다

이 세상의 삶에서 가장 중요한 것은 부귀영화와 무병장수라고 할 수가 있다. 부귀영화는 부유하고 귀인다우며 행복한 삶을 말하고, 무병장수는 건강하게 오래오래 사는 것을 말한다. 정채봉 시인의「노란 손수건」은 자기 자신의 삶과 건강보다도 '마음의 질병'을 다스리는 구도자의 시라고 할 수가 있다.

　환자들의 병이 다 완쾌되면 병실의 불들은 모두 꺼지고, 그때는 하늘색의 파란 손수건을 걸고 싶다고 말하고, 감옥에 죄수들이 없게 되면 그때는 하얀 손수건을 걸고 싶다고 말한다. 파란 손수건은 자유와 건강을 뜻하고, 하얀 손수건은 더없이 순수하고 거룩한 순결의 색을 뜻한다.

　하지만, 그러나 정채봉 시인에게는 파란 손수건보다도, 하얀 손수건보다도 노란 손수건이 더욱더 소중한데, 왜냐하면 노란 손수건은 내 마음의 질병, 즉, 모든 미움과 번뇌를 다스렸다는 것을 뜻하기 때문이다. 모든 것은 나의 마음, 즉, 일체유심조一切唯心造이며, 나의 마음을 다스리는 자는 부처이며, 그는 부귀영화와 무병장수의 삶을 향유하게 된다.

노란색은 쾌활하고 밝은 색이며, 미래의 희망을 나타낸다. 노란색에는 꿈과 희망이 들어 있고, 노란색에는 천사의 미소와 행복이 들어 있다.

오오, 노란 손수건이여!

오오, 황금의 노란 손수건의 시인이여!

미국은 영원한 제국을 건설한 국가이며, 세계제일의 강도집단이라고 할 수가 있다. 미국의 말 한 마디는 법이고, 미국은 선악의 가치창조자라고 할 수가 있다. 한반도에서 미국의 지위는 제국주의자, 즉 침략자에 지나지 않으며, 남북통일을 가장 싫어하는 주인이자 훼방꾼이라고 할 수가 있다. 여야가 따로없이 북한은 결코 상종할 수 없는 불량국가라고 낙인을 찍어놓는다. 만일, 남북교류가 활성화되고 남북통일을 이룩하게 되면 주한미군의 지위는 상실되며, 연간 10조원대의 무기시장을 잃어버리는 것은 물론, 동북아에서 대중국

포위전략의 요충지를 잃어버리는 것과도 같다. 미군은 남북통일의 암적 존재이며, 미군이 주둔하고 있는 한 한반도의 평화는 없다.

내가 만일 한국의 대통령이라면 그 즉시, 미군을 철수시키고 남북통일을 이룩하게 될 것이다. 부산에서 시베리아를 거쳐 노르웨이까지, 부산에서 중국을 거쳐 영국까지 노란 깃발과 태극기를 꽂고 초고속 열차를 달리게 할 것이다.

경기도 평택의 주한미군의 기지에다가 대한민국 건국시조인 단군의 성전을 짓고, 동양 최대의 단군의 성상聖像을 황금으로 세울 것이다.

임경숙
때 늦은 밥

바쁘다는 핑계로
서두르며 뱉던 말
그냥 헤어지기 섭섭해
무성했던 말치레

언제 밥 한번 먹자

수없이 오가던 가로수 길
이팝나무 고봉으로 피고 졌어도
잊고 지나쳤던 그 길에
조등 하나 켜졌다

낯선 얼굴 틈에 끼어서
눈시울 붉혀가며 떠 넣는
빛바랜 약속

너는 거기서, 나는 여기서
때 늦은 밥을 먹는다

참말은 실체가 없고, 빈말이 빈말을 낳으며, 그 빈말의 권력에 의하여 참말이 되어간다. 학교에는 선생이 없고, 집에는 아버지가 없고, 병원에는 의사가 없다. 교회에는 목사가 없고, 법원에는 판사가 없고, 국회에는 국회의원이 없다. 모두가 한결같이 빈말의 옷을 입고, 빈말의 의자에 앉아서, 빈말을 참말처럼 팔아먹고 살아간다. "바쁘다는 핑계로/ 서두르며 뱉던 말/ 그냥 헤어지기 섭섭해/ 무성했던 말치레// 언제 밥 한번 먹자"라는 임경숙 시인의 「때 늦은 밥」이라는 시가 그것을 증명해준다. 따지고 보면 바쁘다는 것은 핑계도 아니고, 그냥 빈말이며, 시적 화자는 진정으로 밥을 한번 먹고 싶었던 생각이 없었던 것이다.

빈말의 핑계, 빈말의 말치레, 이 빈말과 빈말의 가로수 길에서 "이팝나무 고봉으로 피고 졌어도" 그 빈말을 잊고 지나쳤지만, 그러나 문득 그 '빈말'의 상대자인

'지인'이 이 세상을 떠나가고 말았던 것이다. 아차, 하고 때늦은 후회가 몰려왔지만, "낯선 얼굴 틈에 끼어서/ 눈시울 붉혀가며" "너는 거기서, 나는 여기서/ 때 늦은 밥을 먹는다."

빈말은 핑계이고, 빈말은 말치레이다. 빈말은 사기이고, 빈말은 이 세상의 모든 가치들을 전도시키고, 우리 인간들은 이 '빈말의 가면'을 쓰고 살아가게 된다.

"너는 거기서, 나는 여기서"의 거리는 참말과 빈말의 거리이고, 그 거리는 이승과 저승, 또는 산 자와 죽은 자의 거리가 된다.

친구도 죽었고, 동지도 죽었다. 우리도 죽었고, 함께도 죽었다.

빈말이 참말의 가면을 쓰고 참말의 목을 비틀고, 모든 인간관계를 산 자와 죽은 자의 관계로 차단시켰다.

산 자와 죽은 자가 시간과 공간을 초월해서 눈시울을 붉혀가며 밥을 먹는 기적, 이 빈말이 참말이 되는 기적 앞에서 "너는 거기서, 나는 여기서/ 때 늦은 밥을 먹는다"는 것은 우주적인 충격으로 다가온다.

오늘도, 지금 이 순간에도, 빈말이 우리 인간들의 멱살을 움켜잡고, 그만큼 차갑고 서늘하게 명령을 한다.

"너는 거기서, 나는 여기서―."

임경숙

눈물은 왜 뜨거운가

언젠가

열병에 시달리며

나날이 피골이 상접해 갔다

하루에도 몇 번은 가뭇가뭇, 의식을 놓쳤다

이대로 죽어도 좋을, 세상에 미련 따윈 없었다

어스름 저녁이면

희미해진 병실에서 아픈 나보다

더 아프게 숨죽여 우는 이의 흐느낌

얼굴 위로 떨어진 눈물이 언제나 뜨거웠다

다 필요 없다

살아만 나거라

가파른 구비마다

나를 돌이켜 세웠던 계명

용서하지 못할 만큼 잘못을 하고
용서하지 못할 만큼 한 맺힌 말을 해도
미움을 허물게 만들었던
그 저녁 수많았던 눈물에 이끌려
예까지 뜨겁게 걸어왔다

임경숙 시인의 「눈물은 왜 뜨거운가」는 생과 사의 갈림길에서 우연의 쳇바퀴를 필연의 쳇바퀴로 돌리는 '사랑의 노래'라고 할 수가 있다. 부부는 둘이 만나서 하나가 되는 것이지만, 그러나 이 하나됨은 우연적인 어떤 것에 지나지 않는다. 왜냐하면 당신과 나는 언제, 어느 때나 헤어지고 남남이 될 수가 있기 때문이다. 하지만, 그러나 이 우연의 쳇바퀴를 필연의 쳇바퀴로 돌리고, 당신과 나를 영원한 하나로 만든 것은 당신의 뜨거운 눈물이라고 할 수가 있다. 사랑은 종교이고, 사랑은 신앙이다. 사랑은 사상이고, 사랑은 뜨거운 눈물이다.

　　언젠가 열병에 시달려 피골이 상접해지고, 하루에도 몇 번씩 가뭇가뭇 의식을 놓쳤다. 이대로 죽어도 좋았고 세상 따위에는 미련이 없었지만, 어스름 저녁이면 아픈 나보다 더 숨죽여 흐느껴 우는 당신이 있었다. "다 필요 없다/ 살아만 나거라"는 당신의 사랑과 당신의 눈물은 언제, 어느 때나 뜨거웠고, "가파른 구비마다/ 나를 돌이켜 세웠던 계명"은 "용서하지 못할 만큼 잘못을 하고/ 용서하지 못할 만큼 한 맺힌 말을 해도/ 미움을 허물게 만들었던/ 그 저녁 수많았던 눈물에 이끌려/ 예까지 뜨겁게 걸어"오게 했던 것이다.

"여보, 우리 꼭 천당에 갑시다"라고 말하는 부부는 언제, 어느 때나 남남이 될 수가 있지만, "여보, 나는 지옥에 가는 한이 있다고 하더라도 당신과 함께 하겠습니다"라고 말하는 부부는 하늘이 맺어준 인연의 주인공이 될 수가 있다. 천당을 함께 가기로 하면 사랑은 질식하고, 지옥을 함께 가기로 하면 사랑은 뿌리깊은 나무가 된다. 천당을 함께 가기로 하는 것은 사랑이 아닌데, 왜냐하면 거기에는 이기심이 각인되어 있기 때문이다. 지옥을 함께 가기로 한 것은 사랑인데, 왜냐하면 거기에는 이타적인 희생정신이 각인되어 있기 때문이다.

'생즉사 사즉생生則死死則生'의 참다운 진리가 여기에 있는 것이다. 살고자 하면 죽고, 죽기를 각오하면 산다. "다 필요 없다/ 살아만 나거라"라는 남편의 계명(신앙)은 아내와의 사랑을 위하여 그 모든 것을 다 버렸다는 것을 뜻한다. 아내가 없으면 살 수 없다는 사랑, 아내를 위해서라면 지옥의 불길 속이라도 뛰어들 겠다는 사랑의 힘이 그 모든 잘못들과 허물들을 다 용서하고 이처럼 「눈물은 왜 뜨거운가」라는 사랑의 시를 쓰게 만든 것이다.

사랑은 불이며, 불꽃이고, 사랑은 활화산이며, 뜨거운 눈물(용암)이다.

오늘도, 지금 이 순간에도 사랑이 잘못과 허물과 미움을 불태우고, 이 잘못과 허물과 미움을 불태움으로써 뜨거운 눈물을 생산해낸다.

이 세상에서 가장 좋은 약은 무엇인가? 사랑이다.
이 세상에서 가장 좋은 사상은 무엇인가? 사랑이다.
이 세상에서 가장 좋은 종교는 무엇인가? 사랑이다.

임경숙 시인의 「눈물은 왜 뜨거운가」는 이 세상에서 가장 아름다운 '망부가望夫歌'이자 '사랑의 활화산'이라고 할 수가 있다.

김선태
조금새끼

　가난한 선원들이 모여사는 목포 온금동에는 조금새
끼라는 말이 있지요. 조금 물때에 밴 새끼라는 뜻이지
요. 그런데 이 말이 어떻게 생겨났냐고요? 조금은 바닷
물이 조금밖에 나지 않아 선원들이 출어를 포기하고 쉬
는 때랍니다. 모처럼 집에 돌아와 쉬면서 할 일이 무엇
이겠는지요? 그래서 조금 물때는 집집마다 애를 갖는
물때이기도 하지요. 그렇게 해서 뱃속에 들어선 녀석
들이 열 달 후 밖으로 나오니 다들 조금새끼가 아니고
무엇입니까? 이 한꺼번에 태어난 녀석들을 훗날 아비
의 업을 이어 풍랑과 싸우다 다시 한꺼번에 바다에 묻
힙니다. 태어나서 죽을 때까지 함께인 셈이지요. 하여,
지금도 이 언덕배기 달동네에는 생일도 함께 쇠고 제사
도 함께 지내는 집이 많습니다. 그런데 조금새끼 조금
새끼 하고 발음하면 웃음이 나오다가도 금세 눈물이 나
는 건 왜일까요? 도대체 이 꾀죄죄하고 소금기 묻은 말

이 자꾸만 서럽도록 아름다워지는 건 왜일까요? 아무
래도 그건 예나 지금이나 이 한마디 속에 온금동 사람
들의 삶과 운명이 죄다 들어 있기 때문 아니겠는지요.

김선태 시인의 「조금새끼」라는 시는 '언어의 바다'이며, 이 '언어의 바다'에는 수많은 생명체들이 집을 짓고 산다. 목포시 온금동은 달동네이고, 그곳에는 가난한 선원들이 모여산다. 조금이란 바닷물이 조금밖에 들지 않아 선원들이 출어를 포기하고 쉬는 때를 말하고, '조금새끼'란 이 출어를 포기하고 쉬는 때에 갖게 되는 애를 말한다. 그래서 조금 물때에는 집집마다 애를 갖게 되고, 그렇게 해서 열달 후에 이 세상에 태어난 아이들을 조금새끼라고 부르게 된다.

조금새끼들은 한날한시에 태어난 것과도 같고, 훗날 아비의 업을 이어받아 풍랑과 싸우다가 다시 한꺼번에 바다에 묻히게 된다. 태어나서 죽을 때까지 그 일생을 같이하게 되고, 따라서 목포시 온금동 달동네에는 생일도 함께 쇠고, 제사도 함께 지내는 집이 많다고 한다. 그런데 조금새끼 조금새끼하고 발음하면 웃음이 나오다가도 금세 눈물이 나온다. 왜냐하면 그 꾀죄죄하고 소금기 묻은 말이 자꾸만 서러워지기 때문이다. 조금새끼라는 말에는 가난한 선원들의 한이 들어 있고, 조금새끼라는 말에는 어쩌다가 심심풀이 장난처럼 태어난 선원들의 삶과 운명이 죄다 들어 있다.

금수저를 물고 태어나면 이 세상은 아름답고 모든 것이 가능해진다. 훌륭한 부모 밑에 먹고 살 걱정이 없어지고, 훌륭한 스승을 만나 최고급의 지혜를 배우게 된다. 최고급의 지혜는 돈과 명예와 권력 등, 그 모든 것을 다 움켜쥐게 하고, 전인류의 아버지가 될 수 있게도 한다. 이에 반하여, 흙수저를 물고 태어나면 이 세상은 더없이 서럽고 모든 것이 불가능해진다. 훌륭한 부모와 훌륭한 스승은커녕 하루 세 끼 밥 걱정을 해야 하고, 더없이 게으르고 못 배운 자가 되어, 어쩌다가 심심풀이로 조금새끼들을 낳고, 그 거친 바다에 묻히게 된다.

조금새끼는 하루살이들이며, 이 하루살이들은 영혼이 없다. 꾀죄죄하고 소금끼 묻은 언어의 바다에서 태어나 그 삶의 애환을 간직하며, 그 언어의 바다에 빠져죽고 만다.

자기 자신의 타고난 자질과 능력이 무엇인지도 모

르는 조금새끼, 양지 바르고 물 좋고 넓은 평야도 모르는 조금새끼, 모든 선택의 가능성이 '제로'인 조금새끼, 오직 가난이라는 거친 풍랑과 싸우다가 그 가난의 바다에 빠져 죽어야 하는 조금새끼, 조금 때의 그 심심풀이 장난이 그토록 사납고 무서운 잔혹극이 되고 있는 조금새끼—. 조금새끼는 전인류의 이방인이며, 목포시 온금동은 그 이방인들이 거주하는 적색지대라고 할 수가 있다.

언어는 스스로 약속하며, 무엇보다도 그 약속을 실천한다. 할 일 없을 때 심심풀이처럼 사랑을 하고, 이 사랑의 자식들이 조금새끼라는 서럽고 꾀죄죄한 이름을 얻게 된다. 먹이사슬의 최하 생명체들이 수많은 새끼들을 낳듯이, 조금새끼가 조금새끼를 낳으며, 경제적 하부구조를 떠받쳐주는 건강한 기둥들이 되어준다. 이 조금새끼들의 불행을 딛고, 마치 진흙 속의 연꽃처럼 황금수저들이 태어난다.

이병연

귀한 선물

마음 상하는 말 한 마디에
어떻게 지내야 할까
오직 그 생각이
떠나지 않던 날입니다.

주지스님이 마당 한가운데 큰 원 그려 놓고
원 안에 있으면 하루 종일 굶어죽을 것이고
원 밖에 있으면 절에서 내쫓을 것이라고 하자
동자승은 원을 지워버렸답니다.

한 번 생긴 원을 지워버리는 일
어찌 쉬울까마는
그날 이후,
원을 지우는 시간이 늘어났습니다.

희미하게 남아 있다가
불쑥불쑥 진한 형상으로 나타나는 원을
생각날 때마다 지워내는 일
선물에 대한 보답이겠지요.

"당신은 돈이 많아서 걱정이 없지요." "아니, 늘 도둑이 들까봐 걱정입니다." "당신은 먹고 살 걱정이 없어서 행복하지요?" "아니, 날이면 날마다 무료하고 할일이 없어서 걱정입니다." "당신은 최고의 지식인이니까 걱정이 없지요?" "아니, 날이면 날마다 더 많은 지식을 얻지 못해서 걱정입니다." "당신은 아들 딸이 많아서 걱정이 없지요." "아니, 날이면 날마다 자식들이속을 썩여서 걱정입니다."

어느 다리 밑에 혼자 살고 있는 거지에게 물었다. "당신은 진정으로 행복한지요?" "그럼요. 내가 이 세상에서 제일 행복합니다. 도둑 걱정 없고, 자식들이 속도 썩이지 않고, 깡통 하나만 있으면 밥 걱정도 없고, 어느 누구와 다툴 일도 없습니다."

그렇다. 산다는 것은 이병연 시인의 말대로, 계율(원)을 파괴하는 것이며, 계율을 파괴한다는 것은 자기 자신이 주지스님이 되고 새로운 가치의 창조자가 된다는 것이다. "주지스님이 마당 한가운데 큰 원 그려 놓고/ 원 안에 있으면 하루 종일 굶어죽을 것이고/ 원 밖에 있으면 절에서 내쫓을 것이라고 하자/ 동자승은 원을 지워버렸답니다"라는 시구가 그것이다. 원 안에서의 삶도 가난뿐이고, 원 밖에서의 삶도 가난뿐이다. 이 출구도 없고, 희망도 없는 노예의 삶, 즉, 그 가난과 구속과 비참뿐인 삶에서의 탈출은 주지스님의 목을 비틀어버리고, 그 계율을 파괴하는 것밖에는 없는 것이다.

마음을 상하게 하는 일도 지워버리지 않으면 안 되고, 돈을 벌어야겠다는 생각도 지워버리지 않으면 안 된다. 날이면 날마다 주색잡기에 빠져 있는 권태로운 삶도 지워버리지 않으면 안 되고, 더 많은 지식들을 얻겠다는 생각도 지워버리지 않으면 안 된다. 자나깨나 아들 딸들 걱정뿐인 마음도 지워버리지 않으면 안 되고, 좀 더 오래 살고 싶다는 욕망도 지워버리지 않으면 안 된다. 어차피 인생은 빈손으로 왔다가 빈손으로 가는 것, 어차피 인생은 선악을 초월해서 자기가 하고 싶은 일을 하다가 죽는 것, 요컨대 모든 행복은 마음 먹기에 달려 있는 것이다.

이병연 시인의 「귀한 선물」은 동자승의 지혜이며, 크나큰 깨달음의 선물이라고 할 수가 있다. 마음을 비우면 선악을 초월할 수가 있고, 선악을 초월하면 상처받을 일도 없다. 이 세상에서 가장 '귀한 선물'은 '깨달음의 선물'이며, 이 '깨달음의 선물'을 받게 되면 자기 자신의 주인이 되고, 영원한 행복의 주인공이 된다.

나는 너희에게 자유인의 삶을 권한다.

날이면 날마다 선악을 초월하지 않으면 안 된다.

신현림

울다 깨어나면

— 17세 소녀들의 비관 자살을 애도하며

내 딸과 같은 17세
어른들은 무얼 했나
진흙 눈물이 쏟아지네
오늘 한강물은
에미 애비의 눈물이네

내 딸과 같은 17세
내 딸도 자살할까
조마조마할 때가 있었지
연락이 안 되어 경찰 부른 적도 있고
딸이 학비 걱정하며 비관해서 출판사를 차렸지
중요한 건 예민한 청소년이
속마음을 털어놓게
듣는 귀를 소쿠리같이
키워야 함을 알았네

떠도는 새같이 외로웠더라도
입시 형틀이 목을 죄더라도
인생은 캄캄하지만은 않아서
먹구름은 빨간 해를 숨겨 두고
소나기는 무지개를 숨겨 두고
밤의 커튼은
아침들판을 가려 두고
울다 깨어나면
다른 눈, 다른 팔,
다른 심장이 자란다네

내 딸과 같은 17세
에미 애비들의 진흙 눈물이
한강물인 걸 진작에 알았다면
너희들이 어찌 자살했을까
죄의식의 형틀이 에미 애비들 목을 죄네

좀 더 가까이 포옹하고
귀 기울였다면

좀 더 가까이
서로 어루만졌더라면

사춘기의 소녀들은 티없이 맑고 순수하며, 그 꿈과 낭만으로 살아간다. 왕비가 되는 꿈일 수도 있고, 대학교수가 되는 꿈일 수도 있다. 영화배우가 되는 꿈일 수도 있고, 대작가가 되는 꿈일 수도 있다. 이 꿈과 미래의 목표를 위하여 머나먼 이상세계를 꿈꾸는 것을 낭만이라고 부른다.

　　하지만, 그러나 하늘의 제왕인 알바트로스가 땅위로 내려오면 그 거대한 날개 때문에 제대로 걷지도 못하듯이, 꿈과 낭만을 쫓아살던 어린 소녀들이 발밑의 수렁에 빠지게 되면, 그들은 너무나도 크나큰 충격 때문에 곧바로 삶의 의지를 꺾어버릴 수도 있다. 부모님의 사업 실패로 인한 생활고 때문일 수도 있고, 그들의 꿈과 낭만을 사장시켜버리는 주입식 암기교육 탓일 수도 있다.

　　'17세 소녀들의 비관 자살을 애도하며'라는 부제가

붙어있는 신현림 시인의 「울다 깨어나면」은 어른으로서, 에미로서, 또는 시인으로서 눈물로 쓴 시라고 할 수가 있다. "떠도는 새같이 외로웠더라도/ 입시 형틀이 목을 죄더라도/ 인생은 캄캄하지만은 않아서/ 먹구름은 빨간 해를 숨겨 두고/ 소나기는 무지개를 숨겨 두고/ 밤의 커튼은/ 아침들판을 가려 두고/ 울다 깨어나면/ 다른 눈, 다른 팔/ 다른 심장이 자란다네"라는 시구가 그것이다. 후회의 눈물은 속죄의 눈물이 되고, 속죄의 눈물은 통곡의 눈물이 된다. 통곡의 눈물은 "에미 애비들의 진흙 눈물"이 되고, 에미 애비들의 진흙 눈물은 하늘도 감동할 만한 한강물이 된다.

17세 소녀들의 비관 자살 눈물같은 한강물, 내 딸이 자살할까봐 경찰을 부르기도 했던 에미의 눈물같은 한강물, 그 어린 소녀들의 속마음을 헤아려주지 못한 후회의 눈물같은 한강물——.

오늘도, 지금 이 순간에도 한강물은 흘러가지만, 삶이란 울다가 깨어나고, 깨어나서 또다시 우는 삼류 유행가처럼 청승맞은 것인지도 모른다.

자살은 자기가 자기 자신의 단 하나뿐인 목숨을 끊

어버리는 반생물학적이며, 자연의 질서에 거역하는 행위일 수도 있다. 더 이상의 꿈과 희망이 없을 때, 더 이상의 인간다운 삶이 가능하지 않을 때, 우리는 자살을 할 수도 있고, 그것은 단 하나의 군더더기도 없는 예술일 수도 있다.

자살은 숨구멍이며, 이 세상으로부터의 탈출구이고, 영원한 이상낙원으로의 인도자일 수도 있다. 자살을 생각한다는 것만으로도 이 지긋지긋한 삶에 대한 통쾌한 탈출이자 복수가 될 수 있고, 자살을 감행한다는 것만으로도 사회적 도덕과 법과 질서와 미풍양속을 살해하는 것일 수도 있고, 또한, 자살은 유한한 인간이 영원한 행복이 가능한 이상낙원으로의 정착일 수도 있다.

나는 하늘나라로 가서 나의 순수하고 때묻지 않은 꿈을 실천할 것이다.

나는 자살을 통해 나의 육체를 해방하고 영생을 얻을 것이다.

너무나도 슬프고, 혹은 너무나도 인간적이고 아름다운 삶의 예술(완성)일 수도 있다.

이병률
그날엔

갖고 싶은 것 다 가지고 사는 사람 있는가 내 어머니의 연탄구멍 같은 교훈이 석유난로 위에서 김을 낸다 오랜만에 숭늉이 끓는다 어머니의 어머니는 딸을 두고 일찍 재가하셨고 세상에서 유명한 구멍 속으로 발을 들여놓으셨다 구멍만을 디디고 이 길까지 오신 어머니는 온통 세상이 혼자뿐인 것 같아 자식 스물을 꿈꾸셨지만 결국은 구멍에다 나를 빠뜨리셨다 한 길 가는 생명이 바람이 내어준 길을 따라 코를 열고 바빠할 때 난 듣는다 또 숭늉 끓이는 소리와 탄식은 탄식을 낳는다는 소리를 어머니는 살아계시지만 그 말을 어머니의 살아계시는 유언이라 믿는다 세상의 문이 고쳐져 더 많은 사람들이 들어오기까지 갖고 싶은 것 다 갖고 살지 못한다 나는 영영 태어나지 않을 부자가 되어 무섭게 떠돈다 땅이 사람 가슴 안에서 얼마나 여러 번 쪼개어지는가를 본다 어머니가 내 자식을 연인처럼 사랑하다 들킨 듯 웃으시는 걸 본다 그날엔

이 세상의 삶의 근원은 구멍이고, 우리는 구멍 속에서 태어나 구멍 속에서 살다가 죽어간다. 이병률 시인의「그날엔」의 시적 주제는 '구멍'이고, 이 구멍은 다양한 의미로 해석할 수가 있다. "내 어머니의 연탄구멍 같은 교훈이 석유난로 위에서 김을 낸다"할 때의 연탄구멍은 십구공탄이고, 이 열아홉 개의 구멍이 바로 그것을 말해준다. 숨구멍, 목구멍, 콧구멍, 귓구멍, 오줌구멍, 똥구멍, 땀구멍 등, 우리 인간들의 몸 자체가 구멍으로 되어 있고, 이 구멍들은 먹고 살 권리와 숨 쉴 권리와 듣고 말할 권리와 땀 흘리고 피 흘릴 권리와 오줌 누고 똥 눌 권리와 목숨 끊고 무덤으로 들어갈 권리와 함께, 다양한 욕망들과 결부되어 있다.

연탄불을 피운다는 것은 온돌을 덥히고, 숭늉을 끓이고, 차를 끓이는 것과도 관계가 있지만, 그것은 궁극적으로 숨구멍과 관련이 있다. 어머니의 어머니, 즉

외할머니는 딸을 두고 또다른 숨구멍을 찾아 재가하셨고, 따라서 어렵고 힘든 삶을 살 수밖에 없었던 어머니는 자식 스물을 낳는 구멍을 찾으셨고, 그 결과, 나를 구멍에다가 빠뜨리셨다. 나를 구멍에다가 빠뜨렸다는 것은 숨구멍이 최악의 상황이었던 것이고, 이 숨구멍 속에서는 "숭늉 끓이는 소리와 탄식은 탄식을 낳는 는 소리"를 들을 수밖에 없었던 것이다.

숭늉 끓이는 소리와 탄식 소리는 어머니의 유언과도 같으며, 그것은 "갖고 싶은 것 다 갖고 살지 못한다"라는 자포자기와 체념의 말에 지나지 않는다. 우리는 숨구멍, 즉 연탄구멍과도 같은 수많은 욕망으로 살아가지만, "갖고 싶은 것 다 갖고 살지 못한다." 땅(돈)은 우리의 가슴 속에서 수없이 쪼개지고, 우리는 "영영 태어나지 않을 부자가 되어 무섭게" 떠돌게 된다. "어머니가 내 자식을 연인처럼 사랑하다 들킨 듯 웃으시는 걸 본다 그날엔". 어머니와 나, 그리고 나의 자식, 이 삼대의 숨구멍은 탄식의 숨구멍이며, 가난의 대물림의 숨구멍이다.

우리는 영영 태어나지 않을 부자가 되어 무섭게 떠돈다.

네가 원하는 것은 부인가? 그렇다면 얼마나 많은 근심과 질투와 간계를 짊어져야 할 것인가? 네가 원하는 것은 더 많은 지식인가? 그렇다면 앞으로 얼마나 더 많은 걱정과 간계와 재앙을 짊어져야 할 것인가? 네가 원하는 것은 장수인가? 그렇다면 그것이 비참을 짊어지는 것이 아니라고 누가 장담할 수가 있겠는가? 네가 원하는 것이 건강인가? 그렇다면 네가 주색잡기에 빠지지 않는다고 누가 장담할 수 있단 말인가?

나는 이처럼 칸트의 말을 정리해보면서, 우리 인간들의 행복한 삶이란 과연 무엇인가를 되풀이 자문해본다.

이국형 나혜석

김경성 곽효환

홍정숙 이우걸

이덕규 박은영

이영식 지희재

반칠환

이국형
그리운 일순 씨

　어머니의 낡은 사진첩에는 아버지 군대시절 사진이 있다 네 귀퉁이가 닳은 사진 속 아버지는 양손을 허리에 올리고 한껏 폼을 잡고 멀리 하늘을 바라보고 있다 사진 귀퉁이에 흘려 쓴 '그대를 그리며…'라는 글귀는 아직 뜨겁다 아마도 동봉했던 편지는 '그리운 일순 씨'로 시작했을 것이다 아버지 휴가 중 선을 보고 결혼한 어머니는 한 장의 사진이 생활의 버팀목이었을 것이다

　이별은 기별 없이 오고 아픈 그리움이 자식 눈에 띌까 깊디깊은 당신의 가슴에 묻은 지 오래인데 아직 텃밭에 잔설이 여전한 오늘 아침 선산에 무슨 봄풀이 벌써 났을까 출근하는 큰아들 어깨에 대고 혼잣말처럼 '산에 한 번 가봐야지 않겠냐?' 하신다 때 늦은 답장을 쓰시려는가 보다

시는 사랑이고, 사랑은 영원하다. 사랑이 사랑을 만나지 못할 때, 사랑은 그리움의 다리를 만들어 그 시대, 환경, 인종 등의 장애물을 극복하고 사랑을 꽃 피운다. 이국형 시인의 어머니의 낡디 낡은 사진첩 속에서는 '그리운 일순 씨'를 부르는 남편이 있고, 그 낡디 낡은 사진첩 밖에는 남편을 사무치게 그리워하는 일순 씨가 있다. 비록, 네 귀퉁이가 다 닳은 사진이지만, 남편은 용감하고 씩씩한 군인이고, 비록, 더없이 늙고 나약한 할머니이기는 하지만, 아내는 여전히 새색시 적의 그리운 일순 씨이다. 사랑은 언제, 어느 때나 청춘이고, 사랑은 늙지 않으며, 사랑 앞에서는 누구나 이팔청춘의 선남선녀가 된다.

휴가 중 선을 보고 결혼한 아버지, 달콤한 신혼생활은커녕 결혼하자마자 전선으로 남편을 떠나보내야만 했던 어머니—, 이 선남선녀는 이별의 아픔을 그리움으로 견디었고, 그 그리움 끝에 아들과 딸이라는 사랑의 열매를 맺었다. 하지만, 그러나 이별은 기별없이 오고, 또다시 이승과 저승을 오고가는 그리움의 다리를 만들지 않으면 안 되었다. '그리운 일순 씨'로 사랑의 편지를 쓴 남편은 아직도 여전히 "양손을 허리에 올리고 한껏 폼을" 잡은 군인이고, "아픈 그리움"을 "자식들 눈에 띌까 깊디깊은 당신의 가슴에 묻은 지 오래인" 아내는 아직도 여전히 그 사랑을 부끄러워하는 새색시와도 같다. 사랑은 삶의 원동력이고, 사랑 없이는 어느 누구도 그리움의 다리를 만들지 못한다. 따라서 이 그리움의 다리를 건너가 사랑하는 사람을 만난다는 꿈이 없다면, 우리는 모두가 다같이 '자살특공대원'이 될는지도 모른다.

봄이 오면, 봄이 오면, 그리움의 다리를 건너가 머나먼 저 세상의 남편을 만나고 싶은 할머니, 이 할머니가 간직한 낡디 낡은 사진첩 속에는 이 세상이 언어로 쓰지 못한 수많은 편지들이 들어 있는 것이다.

가능한 한 최소의 언어로 최대의 의미를 장전하면 언어는 곧 우주로켓처럼 발사직전의 힘을 갖게 된다. 시는 폭발 직전의 언어이고, 폭발하지 않음으로써 더 큰 폭발을 하는 상징의 언어라고 할 수가 있다. 가능한 한 최소의 언어로 최대의 의미를 장전시키는 것—, 압축과 절제, 이 시한폭탄의 제조야말로 모든 시인의 사명이자 꿈일 것이다. 시는 영원하고, 영원한 것은 그 어떠한 장애물도 단숨에 돌파해버린다.

나혜석
외로움과 싸우다 객사하다

가자! 파리로.
살러 가지 말고 죽으러 가자.
나를 죽인 곳은 파리다.
나를 정말 여성으로 만들어 준 곳도 파리다.
나는 파리 가 죽으련다.
찾을 것도, 만날 것도, 얻을 것도 없다.
돌아올 것도 없다. 영구히 가자.
과거와 현재 공_空인 나는 미래로 가자.

사남매 아해들아!
에미를 원망치 말고 사회제도와 잘못된 도덕과 법률
과 인습을 원망하라.
네 에미는 과도기에 선각자로 그 운명의 줄에 희생
된 자였더니라.
후일, 외교관이 되어 파리 오거든
네 에미의 묘를 찾아 꽃 한 송이 꽂아다오.

📖

1896년 구한말 경기도 수원에서 5남매 중 둘째로 태어난 나혜석, 동경에 유학 중이던 오빠의 권유로 1913년 동경미술전문학교에 입학하여 유화를 전공했던 나혜석, 최승구와 이광수 등과 사귀며 동경유학생들의 동인지였던 『학지광』에 여권신장을 옹호하는 '이상적 부인' 등을 발표했던 나혜석, 1918년 동경미술전문학교를 졸업하고 함흥 영생중학교와 서울 정신여자고등학교에서 미술교사를 지내다가 3·1독립만세운동에 참가하여 수개월간 옥중생활을 했던 나혜석, 1920년 변호사 김우영과 결혼하여 남편의 도움으로 1921년 경성일보사에서 최초의 서양화 전시를 열었던 나혜석, 1921년 일본 외무성 관리가 된 남편을 따라 만주에 거주하다가 1927년 모스크바를 거쳐 프랑스, 영국, 이탈리아, 스페인 등을 여행했고, 파리에서 야수파 계열의 그림을 그렸던 나혜석, 유럽여행 중 사귄 최린과의 불륜이 문제가 되어 1931년 이혼을 했던 나혜석, 그 뒤 조선의 사회제도와 냉대로 인하여 1946년 서울 자혜병원에서 행려병자로 인생을 마감해야 했던 나혜석 —. 나혜석 시인은 그야말로 동양문화와 서양문화, 또는 조선의 유교주의와 서양의 자유주의와의 부딪침 속에서, 그 설자리를 잃어버린 '과도기의 선각자'였는지도 모른다.

조선은 유교적인 가부장제와 일부일처주의가 엄존하고 있는 사회였고, 여자는 그저 묵묵히 남편의 말에 따르고 순종해야만 하는 그런 존재에 지나지 않았다. 하지만, 그러나 서양은 근대 민주주의와 산업혁명의 결과로 여성들도 자기 자신이 인간임을 자각하고 여성해방과 남녀평등을 부르짖던 시기였던 것이다. 나혜석 시인은 서양의 민주주의와 남녀평등을 옹호하면서 사남매의 엄마이자 유부녀인 사실을 망각하고 최린과의 불륜을 저지르며 그것을 '자유연애', 또는 '아름다운 사랑'으로 미화했던 것인지도 모른다.

하지만, 그러나 선무당이 사람을 잡듯이, 사회적 혼란기의 그릇된 행동은 어디까지나 무슨 돌림병과도 같은 문화적 유행일 뿐, 동시대의 사상과 그 정신에 접

근해갈 수가 없었던 것이다. "가자! 파리로/ 살러 가지 말고 죽으러 가자/ 나를 죽인 곳은 파리다/ 나를 정말 여성으로 만들어 준 곳도 파리다/ 나는 파리 가 죽으련 다/ 찾을 것도, 만날 것도, 얻을 것도 없다/ 돌아올 것도 없다. 영구히 가자/ 과거와 현재 공쏲인 나는 미래로 가자"라는 시구처럼 파리가 나혜석과도 같은 여성 해방주의자들의 낙원이었던 곳도 아니고, 남녀관계의 불륜을 전세계의 이상적인 모델로 포장해주는 것도 아니다. 민주주의는 우리는 누구나 다같은 인간이며, 만인이 평등하다는 사상이지, 남녀의 성 차이와 그에 따른 역할의 차이까지도 무시하고 무조건 자유연애를 옹호하는 사상도 아니다.

사남매 아해들아!
에미를 원망치 말고 사회제도와 잘못된 도덕과 법률과 인습을 원망하라.
네 에미는 과도기에 선각자로 그 운명의 줄에 희생된 자였더니라.
후일, 외교관이 되어 파리 오거든
네 에미의 묘를 찾아 꽃 한 송이 꽂아다오.

파리, 파리―. 그러나 나혜석 시인이 동경하던 파리는 조선의 신여성이었던 그녀의 환상 속에 있었지, 실제로 존재하는 파리가 아니었던 것이다. 민주주의를 여성해방으로 이해하고 여성해방을 남녀평등이 아닌 여성중심주의로 오해한 여자, 정복자를 정복하고 남성적 영웅보다 더 남성적인 영웅이 되고 싶어했던 여자, 남성과 여성의 성 차이와 남편과 아내의 역할을 오해하고 인류의 역사와 함께 해왔던 '부부의 가치관'을 '자유연애', 즉, '불륜'으로 전복시켰던 나혜석 시인―. 나혜석 시인의 서울 자혜병원에서의 행려병자로서의 사망은 사필귀정이며, 「외로움과 싸우다 객사하다」는 얼치기 신여성의 조그만 헛소리에 지나지 않는다.

김경성
해국

부리가 둥글어서 한 호흡만으로도 바람을 다 들이
킨다

날개가 없어 날지 못하는 그는
수평선의 소실점에 가닿을 수 있는 것은 향기뿐이
라고
부리 속에 향 주머니를 넣어 두었다

후 우우— 내쉴 때마다
곡예사처럼 바람의 줄을 잡고 절벽을 오르는 향긋
한 숨
둥근 부리를 열어 보이는 일이
하늘 높이 나는 것보다 더 농밀하다

날지 못하는 바닷새, 상강 무렵

바다를 향해 연보라빛 부리를 활짝 열었다
향기가 하늘까지 해조음으로 번졌다
바다가 새보다 먼저 젖었다

김경성 시인의 「해국」은 바닷새이지만, 그러나 날개가 없는 바닷새이다. 해국은 부리가 둥글고 날개 대신 그 어떠한 장애물도 돌파할 수 있는 향기를 지녔다. 향기는 날개보다 더 빠르고, 스스로 자유롭게 말한다. 김경성 시인의 「해국」은 '상승주의 미학'의 극치이며, 이 땅에 두 발을 디딘 인간이 그 꿈의 날개를 활짝 펼쳐 보인 것이다.

자크 데리다는 '꿈은 문자화될 수 없다'고 했지만, 그러나 꿈은 문자화될 수가 있다. "부리가 둥글어서 한 호흡만으로도 바람을 다 들이킨다"는 새가 있다니 이 얼마나 놀라운 시적 표현이며, "날개가 없어 날지 못하는 그는/ 수평선의 소실점에 가닿을 수 있는 것은 향기 뿐이라고/ 부리 속에 향 주머니를 넣어 두었다"니 이 얼마나 놀라운 시적 표현이란 말인가? 시인은 꿈꾸는 사람이며, 끊임없이 새로운 존재를 창출해내는 천지창조주와도 같다. 인간은 해국이 되었고, 해국은 바닷새가 되었다. 바닷새는 향기가 되었고, 향기는 "둥근 부리를 열어 보이는 일이/ 하늘 높이 나는 것보다 더 농밀"하게 되었다.

날지 못하는 바닷새, 상강 무렵 바다를 향해 연보라빛 부리를 활짝 연 바닷새, 그 향기가 하늘까지 해조음으로 번졌고, 이제는 바다가 해국보다도 먼저 젖게 되었다. 꿈은 날개이고, 꿈은 향기이며, 꿈은 우리 인간들을 천국으로 안내한다. 인간은 더없이 나약한 존재이지만, 꿈은 인간을 고귀하고 위대하게 만든다. '해국'은 아주 단순한 바닷가의 들국화를 지시하는 문자에 지나지 않지만, 그 문자, 즉, 해국에 의미를 부여할 때, 해국은 연보라빛 부리를 지닌 바닷새가 된다. 모든 사물들과 모든 동물들을 향해, 인간과 인간들을 향해, 그 아름다운 연보라빛 둥근 부리로 뿜어내는 향기는 천국의 냄새(표지)가 된다. 인간의 꿈은 해국을 바닷새로 만들고, 이 바닷새는 모든 장애물들을 돌파하고, 천리향−만리향의 향기로 우리 인간들을 천국으로 안내한다.

상강 무렵, 오늘도 「해국」의 천리향—만리향의 향

기는 퍼져나오고, 연보라빛 꽃밭이 우리 인간들을 불러 모은다.

오늘도 좋은 꿈 많이 꾸시고, 오늘도 행복하게 사세요!!

곽효환

첫

숲길도 물길도 끊어진 백두대간
둥치마다 진초록 이끼를 두른
늙은 나무들 아래에서
더는 갈 수 없는 혹은
길 이전의 길을 어림한다
검룡소 황지 뜬봉샘 용소는
강의 첫,
길의 첫
숲의 첫
너의 첫
나의 첫은
어디서 나고 어디로 흘러가는지

바람만 무심히 들고 나는
어둡고 축축한 숲 묵밭에

달맞이꽃 개망초꽃 어우러져

꽃그늘 그득한데

붉은 눈물 속에 피다 만 것들의 첫은

다 어디로 갔을까

모든 사건에는 원인이 있다라는 말은 자연과학의 근본명제라고 할 수가 있다. 이 자연과학의 근본명제에 의거하여 '원인 중의 원인', 즉, 스피노자의 말대로 '자기 원인'(최초의 원인)을 찾아낸 것은 우리 신학자들이라고 할 수가 있다. 왜냐하면 만물의 창조주는 전지전능한 신이며, 전지전능한 신만이 최초의 원인이 될 수가 있기 때문이다. 그들 역시도 이 최초의 원인을 찾아서 "숲길도 물길도 끊어진 백두대간"에서 "더는 갈 수 없는" "길 이전의 길을" 찾아보았을 것이고, "검룡소 황지 뜬봉샘 용소"에서 "강의 첫/ 길의 첫/ 숲의 첫/ 너의 첫/ 나의 첫"을 생각해보았을 것이다. 모든 학문과 예술은 잃어버린 고향(기원)을 찾아가는 방법에 지나지 않으며, 따라서 우리 인간들은 뿌리뽑힌 나그네들에 지나지 않는다. 이 떠돌이-나그네들이 최초의 원인으로서 찾아낸 것이 전지전능한 신이며, 이 전지전능한 신이 이 세상을 창조해냈다는 것이다.

하지만, 그러나 하나님의 첫은 무엇이며, 하나님은 첫 이전에 무엇을 하고 살았던 것일까? 하나님과 예수, 혹은 우라노스와 크로노스와 제우스의 관계를 생각해볼 때, 하나님의 하나님은 누구이며, 만일, 하나님의 하나님이 존재했다면, 하나님은 전지전능한 유일신이 아니었던 것이다. 신이란 전지전능한 존재도 아니며, 만물의 창조주도 아니다. 신이란 하나의 상징적 존재이며, 우리 인간들이 최초의 원인과 자기 자신의 나약함을 극복해내기 위해서 창출해낸 말장난과도 같은 존재에 지나지 않는다. 만일, 이 세상에 전지전능한 신이 존재한다면 우리 인간들의 삶이 없게 되는데, 왜냐하면 그 모든 것들이 신의 뜻에 지나지 않기 때문이다. 돈을 버는 것도, 명예를 얻는 것도, 권력을 행사하는 것도 신의 뜻이고, 사랑을 하는 것도, 전쟁을 하는 것도, 질투와 시기를 하는 것도 신의 뜻이기 때문이다. 역사도, 철학도 발전할 수가 없고, 과학도, 문학도 발전할 수가 없다. 신이 주재하는 사회는 역사의 발전을 기록할 수 없는 사회이며, 중세의 암흑기가 그것을 증명해준다. 신은 동적인 존재가 아니라 정적인 존재이며, 더없이 조잡하고 볼품없는 존재이며, 인류의 역사상 단 한번도 언어의 감옥에서 뛰쳐나오지 못한 노예에 지나지 않는다.

모든 종교와 신화는 문명과 문화가 발전하기 이전의 미신에 지나지 않으며, 지구가 '우주의 중심'이라던 원시시대의 옛이야기 책에 지나지 않는다. 원인없는 결과도 있고, 결과없는 원인도 있다. 날이면 날마다 수천억 개의 별이 뜨고, 날이면 날마다 수천억 개의 별들이 사라진다. 강의 첫, 길의 첫, 숲의 첫도 수수께끼이고, 너의 첫, 나의 첫, 신의 첫도 수수께끼이다. 수수께끼는 신비이며, 알 수가 없고, 이 수수께끼가 풀리면 이 세상은 존재할 수가 없다.

이 세상의 근본물질인 원자는 먼지이고, 티끌이며, 이 먼지와 티끌의 결합에 의하여 새로운 별들이 탄생하고, 이 새로운 별들에 의해서 산과 들과 강과 바다가 탄생한다. 이 산과 들과 강과 바다에서 모든 생명체들이 탄생하고, 이 모든 생명체들의 짝짓기에 의해서 그 존재들의 역사가 기록된다. 태양계는 수많은 은하계 중에서 그야말로 별 볼 일 없는 자그만 은하계이며, 태양이 폭발하면 지구도, 지구의 모든 생명체들도 사라지게 된다.

　곽효환 시인의 「첫」은 알 수 없는 첫이고, "어디서 나고 어디로 흘러가는지" "바람만 무심히 들고 나는/ 어둡고 축축한 숲 묵밭에/ 달맞이꽃 개망초꽃 어우러져/ 꽃그늘 그득한데/ 붉은 눈물 속에 피다 만 것들의 첫은/ 다 어디로 갔을까"라는 시구에서처럼, 허무주의적인 색채가 농후한 시라고 할 수가 있다. 모든 것은 우연이며, 이 우연의 쳇바퀴를 필연의 쳇바퀴로 돌리게 된다. 자연의 법칙은 우연이고, 우연은 필연이며, 모든 것의 '첫'은 수수께끼이다.

　하지만, 그러나 신을, 최초의 원인을 알 수 없다고 해서 슬퍼할 것도 아니고, 잃어버린 고향과 자연과학의 진리를 찾을 수 없다고 해서 실망할 필요도 없다. 수수께끼가 즐겁고 신나는 놀이이듯이, 이 세상에 태어났다가 죽어가는 것도 즐겁고 신나는 놀이이다. 정치, 경제, 학문, 문화, 예술도 놀이이며, 희노애락도, 생로병사도 즐겁고 신나는 놀이이다.

　모든 원자와 원자, 모든 먼지와 티끌들은 우연의 쳇바퀴를 돌리는 필연의 존재들이기도 하고, 다른 한편, 필연의 쳇바퀴를 돌리는 우연의 존재들이기도 하다.

수수께끼를 풀듯이, 보물찾기를 하듯이, 먼지와 티끌들이 흩어지면, 밤하늘의 별들이 폭발하듯이, 즐겁고 기쁘게 살다가면 된다.

「첫」은 시원이며, 모든 사물의 최초의 원인이고, 「첫」은 모든 놀이의 시작이다.

우리가 가장 좋아하는 쌀, 사과, 배, 토마토, 오이, 배추, 심지어는 라면마저도 일본인들이 개발(개량)해낸 것이다. 일본이 근대화에 실패했고 일본자본—일본기술이 없었다면 우리가 이만큼 살 수 있었을까? 일본은 전세계에서 가장 우수한 도덕국가이고 가장 성실한 민족이다.

오오, 한국인들이여!

오오, 한국인들이여!

홍정숙
연탄재

복사꽃 그늘 깊던 갓 스물,
연탄재 부서진 길을 따라오며
교복과 군복 사이, 휴가 나온 여드름이
시간을 빌려 달라고 추근거렸지

버스를 타고 보았다
가방이 날카로운 칼날에 죽 그어져
책이 떨어지고
지갑이 없어진 것을

세상이라는 벽을 처음 만나
연탄광처럼 어둠 깊은 자취방에 돌아와
금 간 연탄불을 갈다가 놓쳐
산산이 부숴졌다

아궁이 바닥이 보일 때까지 연탄재를 퍼내며
생은 바닥까지 가 보는 것이라고 생각했다
가난의 바닥까지
고통의 바닥까지
슬픔의 바닥까지

그리하여 마음이 마음을 울려
복사꽃을 불러내는 것이 봄이라고

홍정숙 시인은 경북 의성에서 출생하여 군위와 대구에서 성장했고, 『죽순竹筍』(신동집 시인의 추천, 1984년)으로 등단했다. 동아대학교 대학원에서 문학석사 학위을 받았고, 시집으로는 『초행길』, 『햇살이 바람에게』, 『풀씨』, 『산이 울었다』, 『물방울 목걸이』, 『어느 날 문득』, 『허공에 발 벗고 사는 새처럼』 등이 있다.

　　복사꽃 그늘 깊던 갓 스무 살, 아직 고등학생이었을 때 시간을 빌려달라고 추근대던 군인이 있었지만, 그 군인은 매우 불량한 소매치기 전과가 있었던 모양이었다. 그 군인—치한을 피해 버스를 탔을 때에는 "가방이 날카로운 칼날에 죽 그어져/ 책이 떨어지고/ 지갑이 없어"졌던 것이다. 일진이 좋지 않거나 운이 사나울 때는 나쁜 일들이 겹쳐 일어난다. 왜냐하면 나쁜 놈, 즉, "세상이라는 벽을 처음 만나/ 연탄광처럼 어둠 깊은 자취방에 돌아와/ 금 간 연탄불을 갈다가 놓쳐" 그만 연탄이 산산이 부서져 버렸기 때문이다. 마음이 부서지고, 몸이 부서지고, 사랑과 희망이 부서졌다. 부서짐은 바닥이고, 바닥은 가난과 고통과 슬픔의 바닥이다. 갈 데까지 간 바닥, 더 이상 내려갈 데가 없는 바닥—, 하지만, 그러나 이 바닥에서 홍정숙 시인의 '사랑의 시선'이 탄생하게 된다. "그리하여 마음이 마음을 울려/ 복사꽃을 불러내는 것이 봄이라고—"

홍정숙 시인의 '사랑의 시선'은 '인식의 힘'에 의해서 형성된 것이고, 이 사랑의 시선은 「압력밥솥」의 혁명가의 시선, 「연탄재」의 바닥의 시선, "입춘 무렵, 지리산 피아골 고로쇠나무는/ 가슴마다 수인囚人처럼 번호를 달았더라"의 「피아골 고로쇠나무」, "모래톱에/ 물새 발자국/ 흔적없이 가버리고/ 악취는 구절양장 낙동강과 몸을 섞는다"의 「잠들 수 없는 노래」, "폐기된 핵미사일로 만든/ 펜을 사용하여/ 전략무기감축협정 조인식을 끝내고/ 환하게 손 마주잡은/ 미·소의 두 정상// 그대들 미소 뒤로/ 지구의 신음소리/ 플래시처럼 터지고/ 피 흘리는 아비규환 늘 따라 다닌다"의 「칼을 녹여서 만든 쟁기」 등의 풍자와 해학의 시선이 겹쳐져 있지만, 그 바닥을 딛고, 그 바닥을 넘어서, 온몸으로,

온몸으로 사랑의 축제를 펼쳐보인다.

나는 너희에게 시인을 가르친다. 왜냐하면 시인은 고통을 사랑하고, 고통을 즐길 줄 알기 때문이다.

최악의 상황을 하늘을 찌를 듯한 환희에의 기쁨으로 변모시키는 시의 축제―, 요컨대 홍정숙 시인의 「연탄재」를 읽는다는 것은 이 '시의 축제'에 참여하는 것이라고 할 수가 있다.

이우걸

껌

미군이 먹다 버린 츄잉껌을 주워서, 벽에 붙여놓고 기뻐하던 시절이 있었다 허기를 잊기 위해서 하염없이 씹던 껌⋯⋯

무용한 절차라지만 인생에 직행은 없다, 그 간극을 메우려고 껌이 필요했을까 실없이 보내야 했던 허드렛물 같은 시간들⋯⋯

햇볕 쨍쨍거리는 야구장 스탠드에 앉아, 오랜만에 나는 본다 내가 씹던 그 껌을 초조와 싸우고 있는 타자들의 입속에서 껌이란 무엇인가? 일찍이 지중해 연안 사람들은 치아청결과 입냄새 제거를 위해 유향나무의 달콤한 진을 씹었다고 하고, 영국 사람들도 식민지 인디언들에게서 똑같은 목적으로 향과 떫은 맛이 있는 젓나무 진을 씹는 법을 배웠다고 한다. 오늘날은 사포딜라 나무의 유액인 치클에다가 설탕과 박하, 그리고 여러 감미료와 향신료를 첨가한 껌들이 주조를 이루고 있다고 할 수가 있다. 심심풀이 땅콩과 껌이라는 말이 있듯이, 껌이란 치아청결과 입냄새 제거를 위한 것이기는 하지만, 껌 자체는 어떠한 영양가도 없다. 때로는 껌 씹는 사람이 신사처럼 보일 때도 있고, 때로는 껌 씹는 사람이 요조숙녀처럼 보일 때도 있다. 일제 시대 이후, 미군이 들어왔을 때, 미군들이 씹는 껌은 모든 어린이들의 선망과 부러움의 대상이었을 것이다. 달콤하고 박하향이 나던 껌, 씹으면 씹을수록 더없이 부드럽고 리드미

컬한 타악기 소리같았던 껌, 형과 누나가 씹다가 벽에 붙여 놓으면 동생들이 차례 차례 씹던 껌, 모든 사람들의 가난과 허기를 채워줄 것만 같았던 껌—. 이우걸 시인의 「껌」은 한국에서의 껌의 역사와 그 변천사를 노래한 시라고 할 수가 있다. 미군이 먹다 버린 츄잉껌을 주워서, 벽에 붙여놓고 씹던 껌은 가난과 허기를 대신했던 껌을 뜻하고, "무용한 절차라지만 인생에 직행은 없다"라는 시구에서처럼, 하나 하나 그 절차를 밟아갈 때의 껌은 그 무료한 시간을 때워주었던 껌을 말한다. 남아도는 물과 남아도는 시간, 함부로 쓰거나 함부로 버려도 되는 허드렛물과 허드렛시간과도 같았던 껌이 그것이다. 때는 오랜 세월이 지난 이후이고, 시인은 야구장 스탠드에 앉아, 오래 전에 씹었던 껌이 새롭게 사용되는 것을 본다. 껌의 유용성과 껌의 혁명성이 홈런 타자의 초조함을 진정시켜주는 만병통치약이 되고 있었던 것이다. 온몸의 긴장과 힘을 빼고 더없이 부드럽고 자연스러운 타격을 하기 위해서 타자는 껌을 질겅 질겅 씹어대고 있었던 것이다. 껌이 가난과 허기를 벗고, 껌이 그 심심풀이의 대상을 뛰어넘어, 홈런 타자의 홈런을 양산해내고 있었던 것이다. 껌은 이제 홈런

타자이고, 껌은 야구방망이이고, 껌은 야구장 담장 밖
으로 날아간 홈런 볼이 되었다. 보내야 했던 허드렛물
같은 시간들……

　　햇볕 쨍쨍거리는 야구장 스탠드에 앉아, 오랜만에 나
　는 본다 내가 씹던 그 껌을
　　초조와 싸우고 있는 타자들의 입속에서

이덕규

말 못하는 짐승은 때리는 게 아니라고
어머니께서 말씀하셨다.

사람의 새끼가 한두 번도 아니고 그만큼 말을 했으면
알아들어야 할 것 아니냐고
오래 전, 나는 아버지에게
말귀 못 알아듣는 짐승만도 못한 놈이라고 얻어맞
았다.

사람들은 말의 반대쪽으로 돌아서는 개나 소의 앞을
가로막고 채찍을 휘둘렀다 맞으면서
도망가는 짐승들이 무서워하는 건
매질보다 알아듣지 못하는 사람의 말이었다

사람 말을 알아듣지 못하면서 사람과 함께 사는 짐승
들은 눈치껏 알아듣는 척했다
말의 냄새를 골똘히 살피고
주인 목소리의 진동과 파장을 읽으며

눈치껏 고개를 끄덕였다

그러니까, 사람 말만 빼고 다 알아듣는 집짐승들은
사람 말의 난해하고 변화무쌍한 온갖 표정 속으로 일
단 꼬리를 흔들며
파고들어가 다정하게 안긴다 사람인척,

무표정하게 뉴스를 듣고 밥 때 맞춰 연신 시계를 올
려다보며
학교 간 아이는 왜 안 올까, 현관문을 흘끔거리면서
최대한 사람 말에 가깝게 엄마 아빠를 다정하게 부
르다가 가끔은
자신도 모르게 튀어나오는 사투리처럼 으르렁, 개의
공화국 언어로 사람에게 말대꾸도 하면서

이 세상에서 가장 힘이 센 것은 말이라고 할 수가 있다. 말에 의해서 하늘과 땅이 탄생했고, 말에 의해서 수많은 별들이 탄생했다. 말에 의해서 수많은 동식물들이 탄생했고, 말에 의해서 수많은 종교와 금은보화들이 탄생했다. 태초에 말이 있었듯이, 이 말에 의하여 우리 인간들은 만물의 영장이 되었던 것이다. 브라만, 비쉬누, 시바도 우리 인간들의 호위무사이고, 제우스, 포세이돈, 하데스도 우리 인간들의 호위무사이다. 오시리스, 예수도 호위무사에 지나지 않으며, 마호메트, 석가도 호위무사에 지나지 않는다. 왜냐하면 말의 소유권은 우리 인간들이 가지고 있으며, 브라만을 비롯한 다양한 신들은 우리 인간들이 말(언어)로 창출해낸 상상의 존재에 지나지 않기 때문이다. 말에 의해서 신과 인간이 결정되었고, 말에 의해서 주인과 노예가 결정되었다. 말에 의해서 종교의 이념과 예배의 형식이 결정되었고, 말에 의해서 인간과 짐승이 결정되었다. 말에 의해서 서양인과 동양인이 결정되었고, 말에 의해서 하늘과 땅과 바다가 결정되었다. 말은 칼이고 총이며, 말은 대포이고 말은 원자폭탄이다. 말은 채찍이고, 말은 길들임과 무차별적인 학대와 폭력의 수단이 된다. 원자폭탄이나 수소폭탄보다 더 무서운 것이 말인데, 왜냐하면 말의 명령이 떨어지기 전에는 원자폭탄이나 수소폭탄은 결코 터지지 않기 때문이다.

이덕규 시인의 「말 못하는 짐승은 때리는 게 아니라고 어머니께서 말씀하셨다」는 말이라는 무기를 가지고, 말의 채찍을 무차별적으로 휘두르는 우리 인간들의 야만성을 폭로한 시라고 할 수가 있다. 이덕규 시인에게는 말채찍에 대한 트라우마가 있는데, 왜냐하면 그는 "사람의 새끼가 한두 번도 아니고 그만큼 말을 했으면 알아들어야 할 것 아니냐고/ 오래 전" "아버지에게/ 말귀 못 알아듣는 짐승만도 못한 놈이라고 얻어" 맞았기 때문이다. 아버지는 전제군주적인 명령자였고, 아들은 절대적으로 복종해야 하는 신민이었지만, 그러나 그 아들은 아버지의 명령을 제대로 수행할 수가 없었던 것이다. 첫 번째는 아버지의 명령이 도덕적으로

부당한 것일 수도 있었을 것이고, 두 번째는 그것이 아들의 능력으로는 도저히 감당할 수 없는 일이었을 수도 있었을 것이고, 마지막으로 세 번째는 무조건 아버지의 명령에 복종하고 싶지 않은 아들의 반항심 때문일 수도 있었을 것이다. 하지 말라는 일은 더 하고 싶고, 만나지 말라는 사람은 더 만나고 싶고, 가지 말라고 하면 더 가고 싶은 것이 인간의 심정이기도 한 것이다. 이 세 가지 이유가 매우 복잡하고 중층적으로 겹쳐져 있었을 것이지만, 어쨌든 이덕규 시인은 '사람의 새끼'가 아닌 '짐승만도 못한 놈'이 되어 죽도록 얻어맞았던 것이다. 말에 의해서 사람의 새끼도 되고, 말에 의해서 짐승만도 못한 놈이 된다. 서양인은 문명인이고, 동양인은 야만인이라는 '서세동점西勢東漸'의 말폭력도 '말의 소유권'을 누가 가지고 있느냐에 따라서 결정되고 있는 것이다.

말은 짐승을 사로잡아 가두고, 말은 짐승을 길들인다. 짐승은 인간의 명령에 따라야 하고, 인간의 말을 따르지 않으면 무차별적으로 얻어맞거나 비명횡사를 하게 된다. 집을 지키지 못하는 개, 사냥을 하지 못하는 개, 주인을 물어뜯는 개, 무거운 짐을 지는 것과 밭을 가는 것을 거부하는 소, 알을 낳지 못하는 닭, 젖이 나오지 않는 양과 염소, 사냥을 하지 못하는 매와 독수리, 더 이상 운동장을 달릴 수 없는 경주마, 그토록 황량하고 처량한 사막에서 더 이상 무거운 짐을 지고 가는 것을 거부하는 낙타 등은 거의 생각할 수조차도 없으며, 이 동물들은 서커스단의 원숭이와 곰과 호랑이와 코끼리 등과 함께, 그들의 생명과 자유와 죽을 수 있는 권리도 다 빼앗긴 채, 우리 인간들의 말의 채찍과 말의 폭력에 의해서 비명횡사를 당하게 되어 있는 것이다. 말은 소나무, 참나무, 자작나무, 향나무, 전나무 등도 사로잡아 길들이고, 벼, 옥수수, 보리, 밀, 콩, 토마토, 오이, 배추, 자운영, 질경이 등도 사로잡아 길들인다.

　　사람들은 말의 반대쪽으로 돌아서는 개나 소의 앞을 가
　로막고 채찍을 휘둘렀다 맞으면서
　　도망가는 짐승들이 무서워하는 건
　　매질보다 알아듣지 못하는 사람의 말이었다

　말은 폭력이고 공포이고, 말은 저주이며 저승사자이

다. 따라서 사람의 말을 알아듣지 못하는 짐승은 눈치껏 알아듣는 척하지 않을 수가 없었고, "말의 냄새를 곰꼼히 살피고/ 주인 목소리의 진동과 파장을 읽으며/ 눈치껏 고개를 끄덕였다", "그러니까, 사람 말만 빼고 다 알아듣는 집짐승들은/ 사람 말의 난해하고 변화무쌍한 온갖 표정 속으로 일단 꼬리를 흔들며/ 파고들어가 다정하게 안긴다 사람인척"—. '태어나지 않는 것이 최선이며, 곧바로 죽어버리는 차선'이라는 말이 있다. 자연이, 동물이, 식물이 인간을 만난 것은 재앙 중의 재앙이며, 제1차, 제2차 세계대전 이외에도 너무나도 잔인하고 끔찍한 것은 말폭탄과도 같은 천재지변이라고 할 수가 있다. 무역전쟁, 특허전쟁, 지적 소유권을 둘러싼 지식 전쟁, 핵무기를 둘러싼 경제봉쇄와 수많은 대북제재 등이 바로 그것이라고 할 수가 있다.

인간은 야수 중의 야수가 되었고, 이 세상의 그 어떤 동물들보다 가장 월등하게 악질적인 동물이 되었다. 인간이 자연을 정복한다는 것은 자연에게 자연성을 박탈하고 자연을 인간화시킨다는 것이고, 인간이 동물을 길들인다는 것은 동물에게 동물성을 박탈하고 동물을 인간화시킨다는 것이고, 인간이 인간을 다스린다는 것

은 인간에게 인간성을 박탈하고 인간을 짐승화시킨다
는 것이다. 말은 만물의 영장인 우리 인간들의 '전가의
보도'이며, 양날의 칼이다. 한쪽의 칼날은 자연과 동물
을 인간화시키고, 다른 한쪽의 칼날은 인간을 짐승화
시키며 인간성을 박탈한다. 말은 돈이고, 명예이고, 말
은 권력이며, 이 말의 명령에 따르지 않으면 어느 누구
도 살아남을 수가 없다.

　오늘도, 지금 이 순간에도, 우리 인간들의 말 앞에
서 예수가 부들부들 떨고, 부처가 부들부들 떤다. 마
호메트도, 시바도 부들부들 떨고, 오시리스도, 제우스
도 부들부들 떤다. 이 세계를 창조하고 전지전능한 힘
으로 이 세계를 장악했던 그 신들도 따지고 보면 우리
인간들의 말의 노예에 지나지 않았으며, 따라서 모든
신들은 돈과 명예와 권력을 다 **빼앗기고**, 이제는 제발
사형집행을 서둘러 달라고 지금, 이 순간에도 빌고 있
는 것이다. "오오, 크리톤, 난 아스클레피오스에게 닭
한 마리를 빚진 게 있어. 기억해 두었다가 갚아 주게
나"라고 말했던 소크라테스처럼, 그 신들도 이 세상의
삶에 지치고 병들었던 것이다. 모든 역사는 말(언어)의
역사이고, 이 말의 권력 앞에서 "엄마 아빠를 다정하

게 부르다가" 어느덧 성장을 하면, "자신도 모르게 튀어나오는 사투리처럼 으르렁, 개의 공화국 언어로" '아버지 살해'를 기도하게 된다. 인간은 유한하지만 말은 영원하고, 이 말의 역사 앞에서 어느 누구도 무릎을 꿇지 않을 수가 없다.

"말 못하는 짐승은 때리는 게 아니라고 어머니께서 말씀"하셨지만, 말 못하는 짐승과 말 안 듣는 짐승, 말 잘 듣는 인간과 말 안 듣는 인간도 제멋대로 때리지 않으면 '말의 역사'를 새롭게 써나갈 수가 없다. 왜냐하면 태초의 말은 폭력이었고, 태초의 말은 수소폭탄과도 같았기 때문이었다.

이덕규 시인의 「말 못하는 짐승은 때리는 게 아니라고 어머니께서 말씀하셨다」는 말의 본질과 말의 폭력성을 가장 깊이 있게 성찰하고, 그것을 구체적으로 표현한 시라고 할 수가 있다. 아버지와 아들의 대립관계도 살아 있고, 말 못하는 짐승은 때리는 게 아니라는 어머니의 말씀도 살아 있다. 사람의 말을 알아듣지 못한 짐승들의 눈치와 그 두려움과 공포도 살아있고, 때로는 엄마와 아빠의 말에 개처럼 으르렁대는 아이들의 말도 살아 있다.

이덕규 시인의 「말 못하는 짐승은 때리는 게 아니라고 어머니께서 말씀하셨다」는 서사적이고, 극적이며, 말의 본질과 말의 폭력성을 가장 아름답고 탁월하게 노래한 시라고 하지 않을 수가 없다.

　말은 전지전능한 신이다. 천국과 지옥이 다 말의 손에 달려 있고, 이 세상에서 가장 고귀하고 위대한 것은 말밖에 없다.

박은영
옥수동

키가 한 뼘씩 웃자랐다

구름 밑의 옥수수처럼 껍질을 벗고 죽은살을 뜯어
먹으면
말을 더듬는 혀끝에 단맛이 돌았다

혼자가 아니었다
알알이 많은 내가 어제도, 이번 정거장에도, 깡통 속
에도 있었다
때론 조조할인 영화를 보고 나온 날은
이유 없이 나를 부풀리기도 했다
겨드랑이와 가랑이 사이가 간지러워 실실 웃다가도
틀니를 낀 노인이 지나가면
입을 다물었다

나는 누구의 잇몸에서 빠져나왔을까
가끔 유치한 상상을 했다
영구는 없고
바람이 검은 안경을 쓰고 하모니카를 부는 동네
어금니가 닳도록 치열하게 살아도
붓고 시리고 흔들리는 길에서 벗어날 수 없었다
뭔가가 자꾸 끼었고,
속살을 깨무는 버릇이 생겼다

죽은 동생이 이갈이를 하며 사카린을 뿌렸다

지붕이 자라는 밤이었다

박은영 시인의 「옥수동」은 달동네이며, 키가 한 뼘
씩 웃자라는 옥수동이라고 할 수가 있다. 달동네란 대
도시 변두리의 산자락에 터를 잡은 가난한 동네를 말
하고, 키가 한 뼘씩 웃자랐다는 것은 하룻밤만 자고 나
면 키가 크는 어린 소녀의 시절을 뜻한다. 가난하니까,
"구름 밑의 옥수수처럼 껍질을 벗고 죽은살을 뜯어먹
으면/ 말을 더듬는 혀끝에 단맛이" 돌았고, 또한, 나
는 혼자가 될 수가 없었다. 구름 밑의 옥수수처럼 껍질
을 벗고는 얇은 옷을 입은 어린 소녀의 모습을 뜻하고,
나는 혼자가 아니었다는 그 가난한 달동네를 벗어나
고 싶어하는 어린 소녀의 소망을 뜻한다. 어린 소녀는
알알이 많은 내가 되었고, 따라서 그녀는 옥수수처럼
"알알이 많은 내가" 되어 "어제도, 이번 정거장에도,
깡통 속에도" 존재할 수가 있게 되었다. 때로는 조조
할인 영화를 보고 나오기도 했고, 이유없이 나를 부풀

리기도 했다. "겨드랑이와 가랑이 사이가 간지러워 실실 웃다가도/ 틀니를 낀 노인이 지나가면/ 입을 다물" 수밖에 없었다. 겨드랑이와 가랑이 사이가 간지러웠다는 것은 은밀한 곳에 털이 돋아나기 시작했다는 것을 뜻하고, 따라서 이 세상을 다 살은 것 같은 "틀니를 낀 노인이 지나가면/ 입을 다물" 수밖에 없었던 것이다. 젊음은 아름답지만 늙음은 추하고, 이것은 천세불변의 진리가 된다.

"나는 누구의 잇몸에서 빠져나왔을까"는 '잇몸'을 모태로 생각한 독특한 상상력이고, 그러니까 나는 그런 유치한 상상을 하게 된 것이다. "영구는 없고/ 바람이 검은 안경을 쓰고 하모니카를 부는 동네"의 영구는 영구치와 영원한 삶을 뜻하고, "바람이 검은 안경을 쓰고 하모니카를 부는 동네"라는 시구는 어린 소녀들을 유혹하는 불량 청소년들이 살던 달동네를 뜻한다. 아무튼 나는 누구의 잇몸에서 빠져나왔고, 어린 소녀들을 유혹하는 불량 청소년들이 살던 달동네에 살고 있었다. 요컨대 "어금니가 닳도록 치열하게 살아도/ 붓고 시리고 흔들리는" 달동네에서 벗어날 수가 없었던 것이다. 불운에 불운이 겹치고, 그 어렵고 참담한 일들 때문에, 그때마다 속살을 깨무는 버릇이 생겼다. 죽은 동생, 즉, 꽃을 피우기는커녕, 잎도 제대로 피워보지 못한 동생이 "이갈이를 하며 사카린"을 뿌렸다는 것은 설탕의 2-300배나 되는 인공감미료같은 삶을 꿈꾸었다는 것을 뜻하고, 이 유해성의 인공감미료만큼이나 옥수동을 벗어나고 싶었다는 것을 뜻한다. 지붕이 자라는 밤은 어린 소녀의 헛꿈이 자라는 밤이었고, 따라서 그 헛꿈과도 같은 행복한 삶이 찾아올 리가 만무했던 것이다.

박은영 시인의 「옥수동」은 옥수동에 대한 회고의 형식으로 씌어졌으며, 옥수동과 옥수수의 유사성에 의거하여, 옥수수를 인간화시킨 수작秀作이라고 할 수가 있다. 나는 옥수수이고, 옥수수알처럼 수많은 내가 되었고, 너무나도 당연하게 일인다역一人多役의 모노 드라마의 주연배우가 되었다. 추억은 아름답다고 하지만, 박은영 시인의 「옥수동」은 조금도 아름답지가 않다. 가난한 달동네, 꿈 많은 소녀, 틀니 낀 노인, 불량 청소년들이 검은 안경을 쓰고 하모니카를 부는 달동네, 어금니가 닳도록 살아도 더욱더 어렵고 힘든 삶, 죽은 동생이 이갈이를 하며 사카린을 뿌리는 옥수동—. 요컨대 박은영 시인의 「옥수동」은 달동네의 삶을 추문으로 만들며, 우리는 모두가 다같이 행복한 삶을 살아야 한다고 역설하고 있는 것인지도 모른다.

참담하고 암울하다. 이 참담함과 암울함 때문에, 피식, 헛웃음이 나온다. 「옥수동」의 꿈은 사카린과도 같으며, 정말이지 헛꿈에 불과하다.

박은영
어메이징 그레이스

뉴기니섬 다니족 여인은
친족의 죽음을 애도하기 위해 제 손가락 마디를 자른다
몸의 한 마디를 잘라냄으로써 슬픔에 동참하고
상처가 아물면
자른 마디를 이어 붙여 돌림노래를 부른다
결국, 성한 손가락은 남지 않게 되는
지독한 생의 레퍼토리

오금행 열차 안이다
한 여자가 잘린 손가락 마디로 연주를 한다
프레스에 절단됐다는,
글귀 적힌 악보가 사람들 눈으로 전조되고
마디 없는 손이 음표를 단다
어메이징 그레이스는 더 이상 놀라운 노래가 아니다

사방이 놀라운 일투성이라

슬픔을 환승역으로 둔 이들은 노래를 돌려 부르지

않는다

종점은 가까워오는데

그녀의 선율을 오선지에 옮겨줄 손은

어느 칸에 있을까

몸의 온 마디를 잘라내도 다시 죽순처럼 돋아나고

한 계절을 차지할 슬픔의 길이

뉴기니섬 다니족 여인을 태운

오금행 열차가 절정의 구간을 지나간다

지네가 손가락을 휘감고 기어가는 듯

오금 저리는 밤

별 하나가 못갖춘마디를 뚫고 나온다

인간은 그토록 잔인하고 사나운 야수이면서도 다른 한편, 한없이 나약한 동물에 지나지 않는다. 모든 만물이 태어나면 이윽고 죽는다는 것을 받아들이지 못하고, "친족의 죽음을 애도하기 위해 제 손가락 마디를 자른다"니, 이처럼 바보와도 같고 어처구니 없는 짓도 없을 것이다. 신체란 아주 소중하며, 손톱 밑에 가시만 박혀도 그 아픔을 참지 못한다. 친족의 죽음은 잠시잠깐 동안의 슬픔에 지나지 않으며, 그 슬픔을 참고 견디며 더욱더 자기 자신을 연주해나가는 것이 종의 건강과 종의 행복에 기여하게 될 것이다. 따라서 "친족의 죽음을 애도하기 위해" 자기 자신의 "손가락 마디를" 자르고, "결국, 성한 손가락은 남지 않게 되는/ 지독한 생의 레퍼토리"는 모든 인간들의 삶을 추문으로 만드는 일화에 지나지 않는다. 너무나도 잔인하고 끔찍한 인생관과 세계관이 염세주의의 풍토를 만들고, 이 염세주의의 역사와 전통을 통해서 "뉴기니섬 다니족"은 그 종족의 소멸을 면할 수가 없을 것이다.

이 지독한 생의 레퍼토리는 "오금이 저리는 밤", "오금행 열차 안"에서도 되풀이 계속된다. 프레스에 절단된 손가락 마디로 「어메이징 그레이스」를 연주하는 여인이 바로 그것을 말해준다. 전지전능한 하나님은 불구의 여인이 이 세상의 삶을 살아갈 만한 존재의 이유가 될는지는 모르지만, 그러나 이 세상에 하나님은 존재하지 않는다. 왜냐하면 "어메이징 그레이스는 더 이상 놀라운 노래가 아니"기 때문이다. 만일, 하나님이 존재한다면 그 여인의 손가락 마디가 잘리는 산업재해도 일어나지 않았을 것이고, 이 세상을 '슬픔의 환승역'으로 만들어 놓지도 않았을 것이다. 수많은 사원과 수많은 성당들을 지켜주는 것은 싸늘한 피뢰침일 뿐이고, 오늘도, 지금 이 순간에도, 부처와 예수의 성상들에 수많은 새들이 똥을 찍, 갈기고 간다. 자기 자신을 천둥과 번개로부터 다스리지 못하고, 수많은 새들의 무례함조차도 다스리지 못하는 하나님이 전지전능하다니, 그야말로 '만물의 영장'이라고 자처하는 인간처럼 어리석고 못난 동물들도 없을 것이다. 만일, 모든 것을 다할 수 있고, 모든 사람들을 다 행복하게 할 수 있는 하나님이 존재한다면, 적어도 하나님은 이 세상을 '슬픔의 환승역'으로 만들어 놓지는 않았을 것이다.

신이 인간을 창조한 것이 아니라, 인간이 신을 창조한 것이다. 지독한 생의 레퍼토리—, 따라서 신들이 가장 무서워하는 것은 천둥과 벼락이 아니라, 수많은 사제와 광신도들일 것이다. 그 인간들은 전지전능한 신들을 찬양하고 숭배한다고 말하면서도 신의 자유를 박탈하고, 신의 은총을 강요하며, 그리고 끝끝내는 죽을 수도 없게 만든다. 신들의 영생불사는 반생물학적인 만행이며, 인간이 신들에게 강요하는 고문이자 최고의 형벌이라고 할 수가 있다. 대포를 쏘고 소총을 쏠 때에도 신들은 부들부들 떨었고, 미사일을 발사하고 핵실험을 할 때에도 신들은 부들부들 떨었으며, 줄기세포를 만들고 인공지능 알파고를 만들었을 때에도 신들은 부들부들 떨었다. 왜냐하면 군사적 무기는 살해위협이 되었고, 줄기세포와 알파고는 영생불사에 대한 도전이었기 때문이다. 죽을 수도, 살 수도 없는 생명체가 우리 인간들에게 사로잡힌 신이라고 하지 않을 수가 없다.

슬픔이 슬픔을 낳고, 슬픔이 슬픔을 강요한다. 자기 스스로의 운명을 개척하지 못하고 그 운명에 복종할 때, 우리는 염세주의의 늪에 빠져서 존재하지도 않았고, 존재할 수도 없는 신들이란 허깨비를 숭배하게 된다. "어메이징 그레이스는 더 이상 놀라운 노래가 아니다/ 사방이 놀라운 일투성"이다라는 시구는 반어이며, 박은영 시인의 '무신론의 극치'에 해당된다. 죄 많은 인간들을 구원해준다는 복음과 영원한 천국으로 인도해준다는 사상은 형이상학적 약장수들(목사들)의 사탕발림의 대사기극이며, 인간이 인간을 등쳐먹기 가장 좋은 마약이라고 할 수가 있다. 사제들, 목사들, 모든 광신도들은 마약중독자들이며, 자기 스스로 자기 자신의 운명을 개척해나갈 능력이 없다.

뉴기니섬 다니족 여인과 오금행 열차 안의 여인은 동일한 인물의 다른 모습에 지나지 않으며, 뉴기니섬 다니족과 우리 한국인들도 동일한 민족의 다른 모습에 지나지 않는다. 슬픔의 역사, 불행의 역사, 고통의 역사는 염세주의 역사의 세 기둥이며, 슬픔의 머리채를 휘어잡고 슬픔의 뿌리를 뽑지 못하고 자기 자신의 손가락을 자르는 자기학대의 전통은 자기 철학이 없는 민족들의 만행에 지나지 않는다.

진실로 우리는 너무 슬퍼서 죽지도 못한다. 자기 손가락 마디를 자르면서 그 고통을 참고 견디며 오금을 저린다. 슬픔이 슬픔의 손가락을 자르고, 너무나도 거룩하고 우스꽝스럽게 「어메이징 그레이스」를 노래하면서 "오금이 저리는 밤"에 이 세상에서 가장 슬픈 별들이 태어난다.

박은영 시인은 대단히 뛰어난 시적 능력을 지녔고, '지독한 생의 레퍼토리'를 파헤치는 역사 철학적인 능력을 지녔다. 우리 한국인들은 하루바삐 역사 철학을 공부하고, 이 세상을 더욱더 넓게 바라보는 안목과 지식을 지니게 된다면, 그토록 어리석고 우매한 신들에게 매달리지 않게 될 것이다. 모든 종교는 그 신도들을 종교지옥으로 인도하고, 이 종교의 덫에 걸린 신도들은 좀처럼 그 지옥에서 벗어나지 못한다.

신을 극복하고 슬픔을 극복할 목표를 세운다면, 이 세상은 더욱더 넓어지고, 그만큼 할 일이 많아지고, 이 세계는 기쁨으로 충만한 세계가 될 것이다. 「어메이징 그레이스」가 아닌, 죽을 수도, 살 수도 없는 신들을 해방시켜주고 이 세상을 더욱더 아름답고 행복한 세계로 연출해내게 될 것이다.

　오오, 우리 한국인들이여, 제발 좀 더 정직하고 성실하게 살고, 제발 세계적인 대사상가들의 사상을 공부하기를 바란다.

이영식

참, 독한 연애

늘 혼자였던 집
밥풀떼기만한 집에 불이 났다
불 구경꾼 하나 없도록
충분히 외로웠던 집
안팎을 이 잡듯 뒤져보았으나
발화점은 오리무중이다

말과 말
이물감의 질료들이 충돌하며
노이즈가 발생하는 집
불타기 위해 세워진 집이다
다량의 인화물질이 내장된 벽
누군가의 입술에서 호명되는 순간
불타서 사라지는 집이다
어깨만 툭 치고 지나도 불꽃이 튀지만

얼음같이 서늘한 눈빛으로
불씨 지닌 가슴을 알아보는 집
견고한 침묵의 가시관에
청동 빛 고독이 슬어있는 유배지,
언어의 집이다
질문만 있고 답을 얻지 못하므로
늘 뜨거운 소용돌이가 지키는
성체, 시인들이 가만히 무릎 꿇는
이유가 되기도 하는

참, 독한 연애다

이영식 시인의 「참, 독한 연애」는 참으로 대단히 신선하고 이채로운 시라고 할 수가 있다. 개성과 창의성이 상상력으로 이어지고, 이 상상력에 의해 말(언어)의 집이 지어진다. 이 말의 집은 늘 혼자였던 집이고, "불구경꾼 하나 없도록/ 충분히 외로웠던 집"이고, "말과 말/ 이물감의 질료들이 충돌하며" 끊임없이 잡음이 발생하는 집이고, "다량의 인화물질이 내장된 벽/ 누군가의 입술에서 호명되는 순간/ 불타서 사라지는 집이다." "어깨만 툭 치고 지나도 불꽃이 튀지만/ 얼음같이 서늘한 눈빛으로/ 불씨 지닌 가슴을 알아보는 집"이고, "청동 빛 고독이 슬어있는 유배지/ 언어의 집이다."

이영식 시인은 "밥풀떼기만한 집에 불이 났다"고 말하고, 말과 말이 충돌하며 여러 잡음들이 발생하는 순간 불타기 위해 세워진 집이라고 말한다. 말은 불이 되고, 불에 탄 말은 그 형체도 없이 사라진다. 그렇다면 말은 왜 불이 되었고, 불의 씨, 즉, 말의 발화점은 무엇이었던 것일까? 말은 에너지이며, 말과 말이 부딪쳐 천둥과 번개(잡음, 싸움)를 일으키는 불꽃이며, 모든 사물과 인간들과 동식물들을 초토화시킬 수 있는 그 위력을 지녔다. 말의 집은 입이고, "견고한 침묵의 가시관에" 보관되어 있지만, "다량의 인화물질이 내장된 벽" 속에서 "누군가의 입술에서 호명되는 순간" 불타서 사라진다.

이영식 시인은 말의 발화점은 늘 오리무중이라고 시치미를 떼고 있지만, 말과 말이 입술에서 떠나는 순간, 즉, 말과 말이 충돌하는 순간이 말의 발화점이라고 할 수가 있다. 불의 씨앗은 마음 속에 있을 수도 있고, 가슴 속에 있을 수도 있다. 또한 불의 씨앗은 두뇌 속에 있을 수도 있고, 타인의 말 속에 있을 수도 있다. 마음 속에 있을 때는 불안과 공포 때문일 수도 있고, 가슴 속에 있을 때는 원한 맺힌 저주 감정 때문일 수도 있다. 두뇌 속에 있을 때는 영원한 진리를 탐구하려는 명료한 이성 때문일 수도 있고, 타인의 말 속에 있을 때는 욕망과 욕망이 충돌하기 때문일 수도 있다. 뜨거운 공기와 차가운 공기가 만나 천둥과 벼락을 치게 되듯이,

말은 활활 불타는 불이며, 언제, 어디서나 대폭발하는 활화산이라고 할 수가 있다.

말과 말의 사랑은 참으로 독한 연애이며, 말과 시인의 사랑 역시도 참으로 독한 연애라고 할 수가 있다. 질문만 있고 답은 얻지 못한 대화, 이 세상의 참된 삶의 이치를 밝히기는커녕, 더 많은 문제점만을 던져주는 철학, 우주의 신비를 풀기는커녕, 질문조차도 던지지 못하는 현대과학 등―. 그 모든 것이 불의 씨앗이 되고, 늘 뜨거운 소용돌이의 원인이 되어주는 말의 집―. 말은 이 세상의 횃불이며, 재앙이고, 우리는 말과 말의 사랑 속에 살며, 이 말의 불꽃에 의해 사라져간다. 말은 외롭고 고독하고, 말은 "견고한 침묵의 가시관에/ 청동 빛 고독이 슬어있는 유배지"에 갇혀 있다. 말은 자그만 충격에도 불이 붙고, 말과 말의 어깨만 부딪쳐도 불에 타서 사라진다.

이 '혼자라는 질병'은 사회적 동물로서의 최악의 질병이며, 그 어떠한 특효약도 없다. 상호간의 의사소통의 유일한 도구인 말, 사랑과 평화와 행복의 상징인 말이 병들었다는 것은 우리 인간들이 자기 자신의 존재의 정당성과 함께, 존재의 기반을 상실했다는 것을 뜻한다.

　이영식 시인의 「참, 독한 연애」는 '말의 존재론'이고, '말의 사회학'이라고 할 수가 있다. 말과 함께 태어나, 말과 함께 말의 유배지에 갇혀 있다가, 말과 함께 불타서 그 흔적조차도 없이 사라져간다는 것이 이영식 시인의 「참, 독한 연애」의 전언이기도 한 것이다. 말과 침묵, 말과 외로움, 말과 고독, 말과 잡음, 말과 유배, 말과 말, 말과 불, 말과 시인에 대한 너무나도 깊이가 있고 뛰어난 성찰이 담겨 있고, 말의 위기와 인간의 위기에 대한 진단—동일한 사건의 양면—이 너무나도 날카롭고 통렬한 언어로 표현되어 있는 것이다.

이영식
사자에게 막말하기

사자 한 마리 다가왔다.

미사일처럼 날렵한 몸, 뼈를 감싼 근육 실룩거리며 성큼성큼 걸어온 사자는 내 귓속에 비밀 한 조각을 밀어 넣어주었다.

나도 시를 써요— 매일 식솔들이나 챙기다 보니 너무 무료하고 심심해서 몇 해 전부터 시를 쓴다고 했다.

살점은 몽땅 달아나고 핏물만 엉겨 붙은 양피지 한 장 꺼내 보이며 화평話評을 부탁했다.

바오밥나무 아래 어린왕자라면 몰라도 밀림의 왕자 시인이라니! 그의 핏빛 입술이 몹시 두려웠다.

내가 말 한마디 못하고 머뭇거리자 채근하듯 무릎에 갈기진 머리털을 문지르는 사자, 힐끗 올려다보는 눈빛이 뜨겁다. 나를 먹어치우려는 것일까?

사자가 의미 모를 웃음을 흘리는 순간 얼핏 보았다. 그의 입속에 이빨이 없다. 무시무시한 송곳니가 없다. 그리고 보니 발톱도 뭉개지고 모두 빠졌다.

이런 젠장, 개나 소나 모두 시인이 되는 줄 알아? 문장 하나도 제대로 심어놓지 못하는 주제에 무슨 꽃이 피고 열매가 맺기를 바라는 거야!

막말이 튀어나오려는데 내 손등 위에 뚝 떨어지는 눈물 한 점, 사자의 눈물이다. 왕좌를 잃고 무리에서 떠밀려나 궁벽한 처지란다.

나는 풀죽은 그의 어깨를 쓰다듬으며 나직이 말했다.

문장을 갖는다는 것은 나무에 꽃이 피는 것과 같지요. 당신의 꿈을 포기하지 마세요. 꽃이 될 수 있어요

이 세상에서 가장 힘이 센 것은 상상력이고, 이 상상력이 없다면 그 어떠한 혁명도 일어나지 않았을 것이다. 이상세계라는 소크라테스의 혁명, 지동설이라는 코페르니쿠스의 혁명, 이성의 발견이라는 데카르트의 혁명, 공산주의라는 마르크스의 혁명, 상대성 이론이라는 아인시타인의 혁명, 블랙홀이라는 스티븐 호킹의 혁명, 악의 꽃이라는 보들레르의 혁명 등—. 상상력은 모든 혁명의 원동력이고, 이 상상력을 토대로 하여 우리 시인들은 모든 혁명의 주체자가 될 수 있었던 것이다. 그토록 수많은 신화와 종교를 창출해낸 사람은 누구였고, 시와 문학과 역사와 과학을 창출해낸 사람은 누구였던가? 그것은 두말할 것도 없이 호머를 비롯한 우리 시인들이었고, 따라서 우리 시인들을 모든 종족의 창시자라고 할 수가 있는 것이다.

언어의 소유권을 가진 사람은 시인이고, 새로운 시

인이 탄생할 때마다 인식의 혁명이 일어난다. 언어의 소유권을 가진 시인만이 새로운 사유(상상)를 할 수가 있고, 이 새로운 사유(상상)만이 인식의 혁명을 이룩해 낼 수가 있는 것이다. 이영식 시인의 「사자에게 막말하기」는 상상력의 혁명이며, 새로운 가치의 창조라고 할 수가 있다. 맹수 중의 맹수, 즉, 백수의 왕인 사자가 시를 쓴다니, 그것 자체가 너무나도 충격적인 대사건이라고 할 수가 있다. "사자 한 마리 다가왔다"라는 첫 시구부터 너무나도 숨 막힐 듯한 긴장감이 조성되고, 모든 이목을 집중시키게 된다. 사자는 미사일처럼 날렵한 몸을 지녔고, 뼈를 감싼 근육을 실룩거리며 성큼성큼 걸어온 사자는 내게 귓속말을 건넨다. "나도 시를 써요— 매일 식솔들이나 챙기다 보니 너무 무료하고 심심해서 몇 해 전부터 시를 쓴다고 했다"라는 시구가 그것이다. 시인은 이성보다는 감성에 치운 친 사람이고, 전쟁과 죽음을 두려워하는 못난 사람이라는 것이 소크라테스의 말이라면, 백수의 왕인 사자는 너무나도 당연하게 자기 자신의 권력과 그 이성의 이름으로 모든 시인들을 추방해버려야만 했던 것이다. 백수의 왕인 사자가 기껏해야 식솔들이나 챙기고 너무나도 무료하고 심심해서 몇 해 전부터 시를 쓴다는 것도 우습지만, "살점은 몽땅 달아나고 핏물만 엉겨 붙은 양피지 한 장 꺼내 보이며 화평話評을 부탁"하는 것도 우습다.

하지만, 그러나 "바오밥나무 아래 어린왕자라면 몰라도 밀림의 왕자시인이라니! 그의 핏빛 입술이 몹시 두려웠고." "내가 말 한마디 못하고 머뭇거리자" 나를 "채근하듯 무릎에 갈기진 머리털을 문지르는 사자"의 눈빛이 무서웠다. 핏빛 입술과 사자의 뜨거운 눈빛은 살기를 띤 입술과 눈빛이고, 무자비한 살생과 약탈과 호전적인 체취가 밴 몸뚱아리이고, 그것은 곧 나를 먹어치울 듯한 입맛다심의 살기로 이어졌다. 하늘이 노랗고, 땅이 푹 꺼지고, 두 눈 앞이 캄캄해졌을 때, 나는 사자가 의미 모를 웃음을 흘리는 순간을 얼핏 보았던" 것이다. 사자의 입속에는 이빨이 없었고, 송곳니가 없었고, 그러고 보니, 사자의 발톱도 뭉개지고 모두 빠져 있었던 것이다. 사자의 입속에 이빨이 없고 송곳니가 없다는 것, 그리고 발톱이 모두 빠져있다는 것은 더 이상 사자가 사자일 수가 없는 것이었다.

바로 이 지점에서 이영식 시인의 「사자에게 막말하기」의 대반전이 일어나고, 시인으로서의 그의 위엄이 되살아난다. "이런 젠장, 개나 소나 모두 시인이 되는 줄 알아? 문장 하나도 제대로 심어놓지 못하는 주제에 무슨 꽃이 피고 열매가 맺기를 바라는 거야!"라는 준엄한 호통이 그것이라고 할 수가 있다. 사자에게는 한없이 약하고 들쥐에게는 더없이 강한 여우—. 이 여우와도 같은 시인이, 사자가 사자로서 지위를 상실했다는 것을 아는 순간, 그 호통은 산을 뽑고, 그 울림은 천하의 골짜기를 사로잡을 수도 있었을 것이다. 개나 소나 모두 시인이 될 수는 없고, 뼈를 깎는 듯한 고통의 지옥훈련과정을 거치지 않으면 단 한 줄의 시구도 쓸수가 없다. 시는 붉디 붉은 피로 쓰는 것이고, 단어 하나, 토씨 하나에도 그의 목숨을 걸지 않으면 안 된다. 이영식 시인의 「사자에게 막말하기」는 이러한 시인 정신이 담겨 있는 것이지만, 그러나 그때 대단원의 반전이 일어난다. "막말이 튀어나오려는데 내 손등 위에 뚝 떨어지는 눈물 한 점, 사자의 눈물이" 바로 그것이다. 사자의 눈물은 패배의 눈물이고, 왕좌를 잃고 무리에서 쫓겨난 궁벽한 처지의 눈물이다. 산다는 것이 원수를 갚는다는 것이고, 반드시 그 원수놈의 목을 비틀어 버리는 것이 그 목표였지만, 그러나 천신만고 끝에 그 원수놈을 잡고 보니, 이미 산송장이나 다름이 없었다는 옛이야기가 있다. 이때의 동정과 연민은 대자대비의 은총이 된다. 사자의 눈물—백수의 왕의 눈물은 시인의 눈물이고, 그 사자는 드디어, 마침내, "나는 풀죽은 그의 어깨를 쓰다듬으며 나직이 말했다// 문장을 갖는다는 것은 나무에 꽃이 피는 것과 같지요. 당신의 꿈을 포기하지 마세요. 꽃이 될 수 있어요"라고, 그 시신詩神의 은총을 입게 된다.

오늘날은 진리도 없고, 진실도 없다. 가짜 진리와 가짜 진실이 판을 치고, 눈물마저도 대부분이 가짜일 때가 많다. 신분상승을 위한 아첨의 눈물, 위기를 모면하려는 간계의 눈물, 보다 나은 미래를 위한 음모와 배신의 눈물, 선량한 인간의 탈을 쓴 위선의 눈물 등—. 하지만, 그러나 사자의 눈물은 이빨과 송곳니와 발톱, 즉 그 모든 것을 다 빼앗긴 늙은 노인의 눈물이고, 이것이 크나큰 진정성을 획득하고 있는 것이다. 이 세상에서 가장 아름다운 것은 서산의 노을이고, 단 한 순간의 황홀꽃이다. 그 기나긴 여정의 찰나, 그 짧은 순간을 위하여 살아왔던 것이다.

그의 이상세계에서 모든 시인들을 추방했던 소크라

테스 역시도 사형을 당하기 직전 몇 편의 시를 쓰기도 했다고 한다. 사자의 눈물은 늙은 퇴직자의 눈물이고, '사자에게 막말하기'는 우리 노인들에게 무한한 꿈과 희망을 실어주는 '참말하기'라고 할 수가 있다.

끝, 아니, 결과, 아니, 황혼보다 더 아름다운 시는 없다.

피로 써라! 붉디 붉은 피로—.

반어의 반어, 참말보다 더욱더 아름답고 진실한 막말하기—.

시인은 미래의 인간이고, 시를 쓴다는 것은 인간이 인간을 초극할 수 있는 유일한 길이라고 할 수가 있다.

지희재
배롱나무 정류장

남해 설천면 감암마을에

시골 버스를 기다리는 배롱나무

그림자 길게 늘어뜨리며

조난신호를 보내고 있었다

조난신호를 외면한 막차
정류장 간이의자에 주저앉아버린 길

입을 꾹 다문 붉은 꽃이 더 붉어졌다

제 발등 제가 찧는 붉은 꽃

백일 동안 노을이 지고 어둠이 찾아와도

버스는 오지 않았다

수박이 해를 품는 팔월이었다

인간이 인간을 찬양한다는 것은 따뜻한 사랑이 되고, 따뜻한 사랑은 상징의 꽃이 된다. 배롱나무는 시골버스를 기다리는 할머니가 되고, 시골버스를 기다리는 할머니의 마음은 입을 꾹 다문 붉은 꽃이 된다. 백일동안 노을이 지고 어둠이 찾아와도 오지 않는 막차, 기다림에 지쳐 제 발등 제가 찧는 붉은 꽃—. 이 기다림, 이 그리움은 '수박이 해를 품는 팔월'이 되고, 이 팔월의 해는 최고급의 인간 사랑의 상징이 된다. '수박이 해를 품는 팔월'의 기적—, 요컨대 지희재 시인의 「배롱나무 정류장」은 아름답고 행복한 삶에 대한 찬양이자 구원의 노래라고 할 수가 있다.

반칠환
눈물의 국경일

    세상 모든 생명들이 한날 한시 일제히 울어버리는 국경일 하나 갖고 싶다 뎅뎅- 종소리 울리면 토끼를 잡아채던 범도 구슬 같은 눈물 뚝뚝 흘리고, 가슴 철렁하던 토끼도 범의 앞가슴을 두드리며 울고, 포탄을 쏘던 병사의 눈물에 화약이 젖고, 겁먹은 난민도 맘 놓고 울어 버리고, 부자는 돈 세다 울고 빈자는 밥 먹다 울고, 가로수들도 잔잔히 이파리 뒤채며 눈물 떨구는, 세상 생명들 다시 노여워지려면 꼭 일년이 걸리는 그런 슬픈 국경일 하나 갖고 싶다

눈물은 체액의 한 종류로서 눈을 보호하고 청결을 유지하기 위해 눈물샘에서 분비되는 물질이라고 할 수가 있다. 눈물은 체액의 한 종류이지만, 그러나 눈물은 인간의 마음과 정서의 작용일 수도 있다. 우리는 슬플 때에도 울고, 기쁠 때에도 운다. 또한, 우리는 절망할 때에도 울고, 구사일생으로 간신히 살아 남았을 때에도 운다. 이 울음에는 반드시 눈물이 흘러나오게 되어 있고, 따라서 눈물은 인간의 마음과 정서의 작용일 수밖에 없는 것이다. 너무 너무 기뻐서 흘리는 눈물, 부모형제와 친구의 죽음이 슬퍼서 흘러나오는 눈물, 전혀 뜻밖의 천재지변을 만나서 흘리는 눈물, 눈앞의 승리를 앞두고 패배한 자의 눈물, 제발 목숨만은 살려달라고 개같이 빌면서 흘리는 굴욕의 눈물, 자기 자신의 잘못을 진정으로 깨닫고 참회하는 자의 눈물, 타인의 동정심에 호소하여 대사기극을 연출하려는 자의 눈물

등——, 우리 인간들의 눈물의 종류는 수도 없이 많고, 이 눈물의 유형학은 다종다양하게 나타날 수도 있다.

눈물의 산맥을 따라가면 눈물의 고산영봉들이 나타나고, 눈물의 샛강을 따라가면 눈물의 강들이 나타난다. 눈물의 옹달샘이 졸졸졸 흐르면 눈물의 호수가 나타나고, 눈물의 호수가 넘치면 눈물의 바다가 나타난다. 눈물의 고래가 분수를 뿜어올리면, 눈물의 바다가 모든 수중 생물들을 품어 기른다. 눈물의 태양이 떠오르면 눈물의 생명체들이 자라나고, 눈물의 별과 달이 떠오르면, 풀벌레들의 노래 소리와 함께, 그토록 장엄하고 화려하게 우주쇼가 펼쳐진다.

눈물은 존재의 집이고, 눈물은 존재의 문전옥답이다. 눈물은 존재의 젖줄이고, 눈물은 존재의 횃불이다. 눈물은 존재의 노래이고, 눈물은 미래의 희망이다. 대사기꾼의 눈물, 악어의 눈물, 이성과 간계의 눈물, 정복자와 약탈자와 대사기꾼의 눈물도 없는 것은 아니지만, 우리는 눈물로 밥을 먹고, 눈물로 사랑을 하면서, 눈물로 시를 쓴다. 인생을 예술이라고 할 때, 이 예술은 눈물의 결정체라고 할 수가 있다. 눈물은 맑고 순수하고, 눈물에는 거짓이 없다는 것이 만고불변의 정설처럼 되어 있는 것이다. 눈물의 심리학은 눈물의 존재학이 되고, 눈물의 존재학은 눈물의 사회학이 된다.

반칠환 시인의 「눈물의 국경일」은 눈물의 사회학이면서도 눈물의 정치학이라고 할 수가 있다. 티없이 맑고 순수하게 반성하고 성찰하며, 모든 전쟁의 역사와 먹이사슬의 역사, 그리고 대사기극과 살육과 약탈의 역사를 되돌아본다면, 우리는 누구나 울지 않을 수가 없다. 토끼의 씨를 말리려고 토끼를 잡아먹는 범도 없고, 모든 이민족의 씨를 말리려고 총과 대포를 쏘는 병사도 없다. 겁 많은 난민들을 보며 이 세상의 삶의 찬가를 부르는 망나니도 없고, 모든 가난한 자들의 피를 빨아먹기 좋아하는 흡혈귀(부자)도 없다. 이 세상의 재화의 양이 턱없이 부족하니까 싸움이 일어나고, 종의 균형과 종의 발전을 위한 자연의 법칙 때문에 그 먹이사슬의 구조에 갇혀서 어쩔 수 없이 생명을 사로잡고 생명을 잡아먹게 된 것이다. 따라서, "세상 모든 생명들이 한날 한시 일제히 울어버리는" 「눈물의 국경일」을 갖자는 것은 이러한 반성과 성찰, 즉, '속죄의 역사'를 마련하자는 것이다. 토끼를 잡아먹던 범도 구슬같은 눈물을 뚝뚝 흘리는 국경일, 포탄을 쏘던 병사의 눈물에 화약이 젖는 국경일, 겁 먹은 난민도 마음 놓고 울어버리는 국경일, 부자는 돈 세다 울고 빈자는 밥 먹다 우는 국경일, 가로수들도 잔잔히 이파리 뒤채며 눈물을 떨구는 국경일, 모든 생명들이 다시 노여워지려면 꼭 일년이 걸리는 그런 슬픈 국경일—.

반칠환 시인의 「눈물의 국경일」은 우주평화의 신호탄이자 미래의 '우주문학상의 수상작'이라고 할 수가 있다. 대부분의 노벨상이 최초의 사상과 이론의 창시자에게 주어지듯이, '눈물의 국경일'과 '우주평화'를 창출해낸 그가 왜, '우주문학상'의 수상자가 될 수가 없단 말인가? 「눈물의 국경일」에는 대담하고 참신한 역발상이 살아있고, 또한 「눈물의 국경일」에는 우주평화를 기원하는 평화주의가 살아 있다. 제일급의 시인으로서의 인간의 마음을 사로잡고 하늘도 감동시키는 아름답고 멋진 문장도 살아 있고, '낯설게 하기'의 반대 방향에서, 대단히 일상적이고 익숙한 문장으로, 그러나 그 모든 가치관들을 전도시키는 '백색혁명'의 혁명성이 살아 있다.

눈물의 생명성, 눈물의 선명성, 눈물의 존재학과 눈물의 사회학, 눈물의 아름다움과 눈물의 혁명성—, 반칠환 시인의 「눈물의 국경일」은 우주공동체이고, 우리 시인들은 적어도 이처럼 웅대하고 거대한 꿈이 있어야 하지 않겠는가?

하늘을 감동시킨다는 것은 모든 시인들의 꿈이고, 하늘을 감동시키는 자만이 진정한 시인이라는 월계관을 쓸 수가 있는 것이다.

반경환

반경환은 1954년 충북 청주에서 태어났으며, 1988년 『한국문학』 신인상과 1989년 《중앙일보》 신춘문예로 등단했다. 반경환의 저서로는 『시와 시인』, 『행복의 깊이』 1, 2, 3, 4권, 『비판, 비판, 그리고 또 비판』 1, 2권, 『반경환 명시감상』 1, 2, 3, 4권, 『이 세상에서 가장 아름다운 명문장들』 1, 2권, 『반경환 명구산책』 1, 2, 3권 등이 있고, 『반경환 명언집』 1, 2권, 『사상의 꽃들』 1, 2, 3, 4, 5권 등이 있다.

이 『사상의 꽃들』은 '반경환 명시감상'으로 기획된 것이지만, 보다 새롭고 좀 더 쉽게 수많은 독자들에게 다가가기 위한 포켓북이라고 할 수가 있다. 사상은 시의 씨앗이고, 시는 사상의 꽃이다. 그는 시를 철학의 관점에서 이해하고, 철학을 예술(시)의 관점에서 이해한다. 그의 글쓰기의 목표는 시와 철학의 행복한 만남을 통해서, 문학비평을 예술의 차원으로 끌어올리는 것이다. 따라서 반경환의 문학비평은 다만 문학비평이 아니라 철학예술이라고 할 수가 있는 것이다.

시는 행복한 꿈의 한 양식이며, 낙천주의를 양식화시킨 것이다.

이메일 : bankhw@hanmail.net

사상의 꽃들 7
반경환 명시감상 11

초 판 1쇄 발행 2019년 8월 28일
지은이 반경환
펴낸이 반송림
펴낸곳 도서출판 지혜
편집디자인 김지호
주 소 34624 대전광역시 동구 태전로 57. 2층 (삼성동)
전 화 042-625-1140
팩 스 042-627-1140
전자우편 ejisarang@hanmail.net
애지카페 cafe.daum.net/ejiliterature

ISBN : 979-11-5728-362-0 04810
ISBN : 979-11-5728-360-6 04810 (세트)
값 10,000원